JN036757

溺愛ジャック・ローズ

バーで出会ったハイスペイケメンに飼われることになりました!?

葉月クロル

ILLUSTRATION
氷堂れん

蜜夢
MITSU YUME

CONTENTS

MITSU YUME

イラスト／氷堂れん

溺愛Jack Rose

バーで出会った
ハイスペイケメンに
飼われることに
なりました!?

ジャック・ローズ

一　出逢い

その夜、わたしは大学時代の先輩と一緒に、銀座のとあるビルの地下にあるバーの前に来ていた。

「この店をちょっと覗いてみたいと思ってたんだ。さあ、入ろうか」

「そうなんですね。でも、今夜は本当に時間がもう……先輩、打ち合わせの続きはまた後日にして……」

「ほらそこ、段差があるから、足元に気をつけてね」

言葉を遮った先輩は、わたしの肩を抱くように支えた。この人とは特に親しくないのに……と、ちらりとその手を見る。後輩の話なんて聞いてくれない性格は相変わらずのようだ。

「大丈夫です。あの、わたしはあんまりお酒に強くないし、終電に間に合わないと困るので、もうそろそろ帰り……」

さりげなく手で押して身体を離そうとするわたしの言葉にかぶせて、滝田《たきた》先輩が言った。

「御子柴《みこしば》は、土日休みなんだよね？」

「そうですけど、でも」

「それじゃあ、明日は休みだから遅くなっても大丈夫だよ。ほら、一人暮らしだしね、金曜日の夜は楽しまなくっちゃ。だろ？」

どうやら一杯飲まないと帰してもらえないらしい。実家暮らしだって嘘《うそ》を言っておけばよかったなあ、とわたしは内心でため息をついた。

この人の強引なところは、学生の頃と変わっていない。それでも、さっきまではまだマシだったのに、食事を終えてから態度がおかしい。

それにしても、夜の飲みに誘うなんて、わたしに対して気があると考えていいのだろうか。

いやいや、まともな男性は本気でお付き合いをしたい女性に対して変なボディタッチなどしないはずだから、ワンナイト狙いなのかもしれない。

わたしたちは大学生の時に、比較的真面目にプレイするテニスサークルに入っていたのだが、そういえばこの人はプレイも結構強引というか、俺様プレイだった。

背が高く顔立ちが整っていて、サークル内ではイケメン枠に入っていたふたつ上の先輩で、そこそこモテていたし実力もあったから、なんとなくみんなに許されていたけれど……社会に出ているのにこの様子で良いのかと心配になる。

その滝田先輩とわたしは、やや暗い店のカウンターに腰をかけた。

暗いと言ってもいかがわしさはなく、間接照明が効果的に使われた落ち着いた雰囲気の良い店だ。さすがは銀座、お酒を飲む場であってもどこか品が良い。とはいえ、カジュアルな雰囲気の門前仲町や親しみやすい上野もわたしは大好きだけど。

近々サークルの仲間同士のカップルが1組、めでたくゴールインすることになった。そこで、新郎と同学年の滝田先輩と、新婦と同学年のわたしとでサークルからのお祝いの企画を考えたい、ということで、先輩にSNSで声をかけられたのだ。

どうしてわたしに白羽の矢を立てたのかと先輩に尋ねたら『御子柴はしっかりしてるし……あと、まだ独身だって聞いたし』とメッセージが返ってきたけれど、まだ二十五歳なんだから独身の友達の方が多いと思う。

ちなみに、先輩が独身かどうかは直接聞いていない。

ちらっと見たら結婚指輪をしていなかったし、『俺も、今のうちに羽を伸ばしておきたいんだよね。よかったら軽く遊んでよ』とメッセージには書いてあった。SNSを見ても家族の写真はアップされていない。だから、『今のうちに』ってことは、独身ということだと思う。『先輩と遊ぶつもりはありませんが、企画を考えるだけならお付き合いします』と返事をした。

でも、もしも彼女がいたら大変だから、そこは確認が必要だ。

「なににしようか？　奈々子《ななこ》はあんまりお酒に詳しくないのかな」

いきなり馴《な》れ馴れしく名前呼びをされたので、眉をひそめた。

わたしはサークルの中で特に目立つ存在ではなかったし、遊び人でもなかった。身長が低かったせいではないと思いたいが、どちらかといえば群れに埋没しているタイプだったのだ。先輩に名前で呼ばれるほどフレンドリーなキャラではない。

だが、大学生の時と違って名前呼びをされたくらいでは動揺はしない。わたしもそれなりに社会人としてのあれこれを通り抜けてきたのだから。

なので、『馴れ馴れしい男は嫌い』という本音を表面的な笑顔に閉じ込めて返事をした。

「はい、全然お酒に詳しくないですね。ビールと酎ハイみたいな居酒屋メニューくらいしか知らないです。付き合いの飲み会に参加するくらいなので」

その飲み会でも、烏龍茶と水をチェイサーとして離さないくらいの、お酒に弱い女なのである。

わたしの返事を聞いた先輩は、口元を緩めながら言った。

「じゃあ、今夜は俺が選んであげる。さっぱりめのものにしようか。奈々子は紅茶は好き?」

いかにも親しそうにしてくる先輩に、わたしは警戒心を持ちながら頷く。

「はい、アルコールが弱めなものをお願いします」

「任せて」と頷いた先輩はカウンターに立つ男性に「彼女にロングアイランドアイスティー、俺にはジントニック」と声をかけた。

カウンターテーブルの向こう端には、スーツ姿の若い男性がひとり座っていて、注文が耳に入ったのか先輩の顔をちらりと見たが、すぐに視線を正面に戻した。その横顔がとても端正で綺麗《きれい》なラインを描いていたので、わたしは『この人はモデルさんとか芸能関係の人なのかな。こんな人がいるなんて、さすがは銀座だけあるな』と感心した。

「お待たせいたしました」

イケメン男性に気を取られていたわたしの前に紅茶色の長いグラスが置かれた。先輩には透明な炭酸入りのお酒だ。ライムのグリーンが鮮やかである。

早く飲んでお開きにしてもらおうと思い、早速カクテルを口に含むと、甘くてフルーティな味わいが口に広がった。

「美味しい……あれ？　もっと紅茶っぽいのを想像してたんですけれど、いろんな風味がしますね」

先輩は笑った。

「紅茶の味がする？」

「はい、紅茶の味もします」

「実はそれ、紅茶は一滴も入ってないんだよね」

ドヤ顔で先輩が言った。

「ええっ？」

わたしはもう一口飲んで、味を確認した。

「紅茶ですよ」

……あ、これ、結構お酒強くない？

わたしは急にアルコールを感じて眉根を寄せた。

「強いお酒ですのでお気をつけください」

カウンターの中でバーテンダーさんが静かに言った。

弱いお酒をってはっきり頼んだのに、これはかなりキツい。

「美味いだろ？　ぐっと飲んでよ」

先輩はにこにこしながら、アルコール度数高めなカクテルを勧めてくる。

「いえ、本当にお酒に弱いんで、ちょっとこれは厳しいかも。ゆっくり飲ませてください
……え？」

そう言いながら、右に座っている先輩の左手を見た。

その途端、わたしは固まった。

「なに？」

「先輩、左手の薬指のそれ、指輪を外した跡ですよね？　うっすらと日焼けが残ってますけど」

それを聞いた先輩は、咄嗟《とっさ》に左手を隠した。

あー、これはアレなやつだ……わたしに気があるんじゃなくて……そうだよね、わたしがモテるはずがないもの。

心の中でため息をつきながら、目を合わせない先輩に「先輩は奥さんがいるんですね」と確認した。

「……いると言っても、冷めた関係というか、まあ、そんなところ」

言い訳しても、既婚者は既婚者なのだ。

「どうして独身のふりをしていたんですか？」

「……奈々子は真面目だから、俺が既婚者だと言ったらふたりきりで会ってくれないかと思ってさ」

「そんなの当たり前じゃないですか！　真面目だからじゃなくて、普通はそうですよ。奥さんのいる人とふたりきりで飲みに来るわけないでしょう」

そう言ってわたしは、もうカクテルを飲むのはやめようとグラスから手を離した。今酔ったら面倒なことになる。間違いない、この男は下心があってわたしをこの店に誘ったのだ。

けれど、先輩はふっと笑いながら言った。

「奈々子、そんな固いことを言うなよ。俺たちはもう大人なんだから大人の付き合いをしよう」

わたしは内心で『うっわー、キモ！』と思った。

この人は確信犯だ。最初から不倫目的で、おまけに既婚者であることを隠していたという悪質な男だ。メッセージが来た時点で断ればよかった。

「俺は、恋愛って、もっと自由なものだと思うんだよね。結婚したら恋ができないなんておかしいよ」

「はあ？　なにを言ってるんですか？」

わたしは呆《あき》れて先輩の顔を見た。

「それは恋愛じゃなくて不倫って言うんですよ。わたしは奥さんがいる人と恋愛ごっこをするほど暇じゃないんです。とにかく、わたしはもう失礼させていただきますから」

先輩は目を細めて「あれ、御子柴ってこんなに気が強かったっけ？」と呟《つぶや》いた。

「……じゃあ、この酒を飲んでからだ。先輩が奢《おご》った酒を残すなんて、社会人としてマナー違反だぞ。ほら」

強引にグラスを勧めてくる先輩から身体を離して立ち上がった。

「ちょっとお化粧を直してきますね」

「おい、御子柴」

「失礼します」

「逃げるなよ」

アホですか？

わたしは滝田先輩を残して化粧室に向かった。

「……しまったな。『結構強い』じゃなくて、あれはかなり強いカクテルみたい。半分も飲んでないのに目眩《めまい》がしてきちゃった」

洗面台に手をついて、呼吸を整える。鏡の中の、肩のあたりまで茶色いねこっ毛を伸ばしたわたしは、目の周りが赤くなっている。

　喉が渇いた。冷水を一気飲みしたい。

　さっきイタリアンを食べながら、ワインも飲んでいたのだ。そこに強いカクテルが入ったのだから、完全にわたしのキャパシティをオーバーしている。

「指輪の跡に気がついてよかったわ。先輩はわたしのことを完全になめてるよね。よし、もう一滴も飲まないから」

　これくらいならまだ大丈夫と、わたしがバーに戻ろうとしてドアを開けると、スツールから立ち上がった先輩が舌打ちしながらカウンターにお札を叩きつけて、そのまま店を出て行くところだった。

「……なにあれ、どうしちゃったの？」

　そのままぽかんと口を開け、不埒《ふらち》者の先輩の背中を見送ってからわたしが席に戻ると、バーテンさんが声をかけてくれた。

「お客さま、ご気分は大丈夫ですか？」

「あ、はい。大丈夫です。なにがあったんですか？　連れが帰っちゃったんですけど」

　すると、バーテンさんと、カウンターに並んで座っている横顔の綺麗な客が苦笑した。

一瞬見えたけれど、やっぱり正面顔も綺麗である。なんだか魅入られてしまいそうな気がしたので、わたしはすぐに目を逸らした。

　こちらもなかなかのイケメンであるバーテンダーさんが少し眉根を寄せて言った。

「さっきの男性がね、あなたにお勘定を押しつけて逃げようとしたんですよ」

「は？」

説明を聞いて、わたしは驚いた。

「つまりわたしは先輩に飲み逃げされるところだったっていうことですか？」

「そういうことになりますね」

信じられない、自分から強引に飲みに誘っておいて、後輩の女子にお勘定を押し付けて逃げるとか……先輩、終わってるわ。あとでサークルの仲良しグループに顛末《てんまつ》を送信しておかなければ。

「とんでもない奴だったねえ」

三十代くらいのお客の男性は、ふわっと笑った。

「でも注意したら、お金を払って行ったからね。安心して」

「それは……」

わたしは口を開けたまま飲み逃げ先輩の出て行ったドアを見て、それから「なんて情けない人なんだろう……我がサークルの恥だわ」とため息をついた。

「お騒がせしてすみませんでした」

再びカウンターにかけたわたしは、二人の男性に頭を下げた。

わたしが化粧室に行っている間に、滝田先輩は「ヤレない女に金をかけられるか」とかなんとか文句を言いながら席を立ち、ここの支払いをわたしに押しつけて帰ろうとした。

そこをこの男性客に「みっともない真似はやめなさい。ここでそんなことをしたら銀座中に知れ渡りますよ」と注意されたのだという。

結果、店中の注目を浴びた先輩は、真っ赤な顔でお札を叩きつけて出て行ったのだ。この二人は私の恩人だ。

「いいえ、お気になさらず」

バーテンダーさんは優しく言ってくれた。

「可愛いお嬢さんが無事に毒牙から逃れられて、わたしも安心しました」

「え、あ、あの……」

可愛いって言われた。

リップサービスだとわかっていても、素敵な男性に褒《ほ》められたので照れてしまう。わたしは俯《うつむ》いて、小さな声で「畏《おそ》れ入ります」と返事をした。

「ねえお嬢さん、レディキラーカクテルって知ってる？」

お高そうなグレーのスーツを着た恩人が言ったので、そちらに視線を向けた。

そして、彼の顔を改めて正面から見てしまったわたしは「わっふ」と変な声を出して絶句する。

こんなカッコいい人が日本に存在しているとは！

イケメンだとは思っていたが、この男性の顔は真正面から見ると破壊力が強すぎる。わたしみたいな者は、横目でチラチラ見るくらいが丁度いい。

視線を合わせてしまうと、魅入られるとか、魂が抜けるとか、そういう言葉が頭に浮かぶくらいに心を奪われてしまうような美形っぷりなのだ。

彼は茶色のふわっとした髪を無造作に遊ばせて、長めの前髪の下に色素の薄い猫科の猛獣みたいな光る瞳を隠し持っている。すっと通った鼻筋から唇を通り顎へと続くラインの美しさは、さっき横から見た時にわかっていた。

そんな滅多にお目にかからないような外見を持つ彼が柔らかな笑みを浮かべると、さらに甘い魅力が加わって、乙女心を直撃してくれるのだ。

待って。顔がよすぎる。

昇天してしまう。

ええと、極楽に行けるように合掌した方がいいでしょうか？

「キラー……それは殺し屋のカクテルですか？」

わたしが（そっと合掌しながら）答えると、彼は「うーん、ちょっと違うな。あと、拝むのはやめて。僕は殺し屋じゃないから怖くないよ」と目を細めてくすくす笑った。

ヤバい。

これはヤバい生き物だ。

カクテルではなく、この人の存在がレディキラーである。

視線で乙女を殺しにかかってくる。

彼にキルされかかったわたしは口から魂が抜けそうだ。

そんな想いを隠しながら、わたしは両手の合掌を解いて頬に当てて「じゃあ、女性に人気があってデートにぴったりなカクテルとかでしょうか」と視線を逸らしながら答えた。

するとバーテンさんが苦笑して「危ない危ない」と言った。

「真面目なお嬢さんは聞いたことがないんでしょうね。でも、知っていた方がいいと思いますよ。口直しに甘くて優しいカクテルを飲みながら、このおじさんに悪い男から身を守るための知識を伝授してもらってはいかがですか？　さっきの男性よりもずっとまともな人物だと保証しますから」

ふんわり茶髪の男性を指さしながらバーテンさんが言ったので、わたしは「はあ……なんだかよくわかりませんが、伝授された方がいい大切なことなんですね？」と首を傾げた。

お酒の豆知識として覚えておけば、飲み会でのネタになるかもしれない。

真面目というよりも、『男性経験が大いに欠如しているお嬢さん』なのだ、わたしは。

でも、こんなにカッコいい人をおじさんって言ってしまうとは、やはり男同士の気やすさがあるからなのだろうか。

顔だけでお客を呼べるんじゃなかろうか？　と思えるイケメンバーテンさんは、黒髪をオールバックにして、白いワイシャツに黒いベストを着て蝶ネクタイをつけている。制服を着ると魅力が何割り増しかになる法則があるように、映画のスクリーンから出てきたのかと思うほどよく似合っていてカッコいい。

そんなバーテンさんに、超美形さんが抗議した。

「ちょっと、和樹《かずき》、おじさんは酷いんじゃない？」

「三十過ぎたらおっさんだよね」

「お前と違って俺はまだ独身だから、お兄さんでいいの」

「いや、同い年だから。独身でもおっさん。おっさん千里《せんり》さん」

「そういうのやめて」

どこから見てもカッコいいイケメンふたりが、小声でそんなことを言っているのを聞いて、わたしは吹き出してしまった。そして、イケメン漫才を目の当たりにして動揺していたわたしは、まだ残っていた紅茶風味のカクテルを、ごくごくっと勢いよく飲んでしまった。

「わ、お嬢さん」

「それを飲んじゃ駄目だってば」

イケメンたちが同時にこっちを見て『うわあ……』という顔になった。

「あ……美味しいからうっかり飲んじゃった……えへ……ほええっ」

急激にお酒が身体に回って行き、頭がくらっとした。

何度も言うけれど、わたしは本当にお酒に弱いのだ。

すると、バーテンさんがすっとお水の入ったグラスを出してくれた。

「ほら、お水を飲んで薄めて。って、千里、このお嬢さんにお酒の飲み方を早く教えてあげて。これじゃ危なくて仕方がないよ、悪い狼《おおかみ》の前の赤ずきんちゃんレベルだよ」

「そうだね。それじゃあ、千里お兄さんが狼に食べられないための教育をしてあげよう」

わたしは頭がぼんやりして、眠いような笑いたいような変な感じになりながら美形のお兄さんの顔をじっと見た。

アルコールのせいで衝撃が緩和されているようだ。

イケメンにキルされずに済んだぞどんなもんだいっ。

わたしは得意げに「ふふん」と笑った。

「えっとー、千里お兄さん？」

わたしは、イケメンの顔をしっかりと見て、脳内に焼きつけながら言った。

すごい。

顔がいい。

この瞬間を永久保存。

すると、なにかの勝負と思ったのか、千里さんもわたしの目をじっと見つめながら言った。

「そ、俺は千里お兄さん。赤ずきんちゃんのお名前は？」

「奈々子です」

「ふうん、奈々子ちゃんって言うんだ。可愛いね」

イケメンにガン見されながら可愛いって言われちゃったよ、てへへ。

奈々子って名前を付けてくれた天国のお父さん、ありがとう。

「あれ、なんでまた合掌してるの……奈々子ちゃんのお年はいくつ？」

「二十五歳」

「に、にじゅうご」

「おお、にじゅうご」

　ふたりのイケメンは目を見開いた。

「若い！　ほら、やっぱり三十二歳はおっさん千里さんじゃん」

「お、に、い、さ、ん！　俺はお兄さんなの！」

「まだ二十代の女の子から見たら……」

「お兄さんだよー、奈々子ちゃん、千里お兄さんだよー、和樹はおじさんでいいけどねー」

「それはずるい」

　見た目と違って、なかなかひょうきんな美形さんたちである。

　かなり酔いが回ってきて、なんだか楽しい気持ちになってきたわたしは、グラスの水を一気飲みしてからへらっと笑い、お客の方のイケメンを指差した。

「せんりおにーさん！」

「わあ、いい子だね」

　千里さんはわたしの頭に大きな手を置いて、くしゃりと撫《な》でた。

「奈々子ちゃんはなんか子犬っぽいね。豆柴の子みたい」

「えへへへー、惜しいなー、豆柴じゃなくって、みこしば。御子柴奈々子でえっす、よろしくぅ」

「あはは、よろしくね。面白い子だね、豆柴ちゃん」

「みこしばーだってばー、ばーばーばー」

千里お兄さんにグラスを差し出す。

「みこしばにおみずのおかわりください」

彼はにやにや笑いながらグラスを受け取った。

「よしよし、おかわりだね、たくさん飲みなね。ほら和樹、早く水。あと、迷子の子犬を拾うのは良い人の行動だよね」

「お前なあ……」

呆れ顔のバーテン和樹さんが、大きなグラスに冷たい水をくれた。ただの水ではなく、その真ん中にはまんまるな氷が浮かんでいる。

「すごい、つきがはいってる！」

わたしはグラスを覗き込んでから、尊敬の目でバーテンの和樹さんを見た。

「つき！　すごい！　このつきをつくったの？」

和樹さんは嬉しそうに「そうだよ」と笑って「本当に可愛いな。なんかうちの子を見てるみたいだ」と呟いた。どうやらこのイケメンはお父さんのようだ。

わたしは見事に透き通った、月のような氷の浮かんだ水を少しずつ飲みながら、時折り声を出して笑っていた。

「きれーい、でもちょっとちっちゃくなっちゃった」

キラキラ光るグラスの氷は、お代わりの水を注がれて段々と小さくなっていく。

それは水の中に月の雫が溶け込んでいくようで、余計に美味しく感じる。

わたしの横にはいつの間にか月のプリンスが座っていて、お祭りですくってきた金魚を見つめる子どものように、面白そうにこっちを見ている。

わたしは酔っている。

さっきの紅茶っぽいカクテルはまだ三分の一くらい残っているのに、もうめちゃめちゃ酔っている。これはどれほど強いカクテルだったのか……やはり滝田先輩は油断ができない男性だ。

もう二度と先輩と二人きりで会うつもりはない。

すっかり酔っ払いながらも、わたしの頭の片隅にわずかに残った理性が『水をたくさん飲まなきゃ、お酒を流さなきゃ』と言ってくる。

で、月の氷が星になるほどに水をお代わりしていたら……当然のことながら自然の呼び声が聞こえてきた。

「ちょっとしつれいします」

わたしは立ち上がりトイレに行こうとして、よろめいた。

「っとととと一っと」

カウンターに手をついて、姿勢を保つ。

「危ないよ。豆柴ちゃん、大丈夫？」

「まめしばじゃなくてみこしば、いきまーす！」

威勢よく敬礼をしながらふらついたところを、千里お兄さんが「子犬ひとりじゃ無理でーす」と支えてくれた。そして、そのままトイレに連れて行ってくれる。

酔っ払い女のトイレ介助までしてくれるなんて、とても親切なイケメンだ。さすがは月のプリンスである。なにがさすがなのかはよくわからないけれど。

イケメンもどきの下心男、滝田先輩とはレベルが大違いである。

あんな浮気男は、トイレのパイプに突っ込んでザザーッと流してしまって良い。

うん、良い。

トイレの水も、勢いよく流れた。

「ながしたー！」

女性用の化粧室で声を張り上げる。

まぎれもなく酔っている。

なんとなく拍手をしていると、千里さんの声がした。

「……ここは、報・連・相ができていい子だねと褒めるところなのか、それとも……豆柴ちゃん、ちゃんと手を洗って出ておいでね」

扉の向こうからイケメンのよく響く素敵な声がしたので、わたしは張りきって返事をした。

「はーい、みこしば、ちゃんとてをあらいまーす」

わたしは見えない千里お兄さんに向かって手をあげた。

そして、一度洗い終わって手を拭いてから、叫んだ。

「さらにあらいまーす」

華麗なるイケメン王子さまに汚い手で触ってキルされたら大変だから、平民のわたしは石鹸を使って手を二度洗いした。

「みこしば、ねんのためにまたてをあらいまーす」

すると「ちょっと待ちなさい」と慌《あわ》てた声がした。

「豆柴ちゃん、もういいからね！　アライグマになっちゃう前に、早く出てらっしゃい」

三度目の手洗いはイケメンプリンスに阻止された。

「みこしば、でまーす」

トイレから出た良い子のわたしは、心配そうなお兄さんに向かって「ふにゃあ」と変な声で返事をしてから、その場にひっくり返りそうになった。どうやら動き回ったせいでアルコールが全身に回ってしまったらしい。

ひっくり返らずに済んだのは、ひとえに千里お兄さんが隠れ細マッチョであったからだ。

なんと彼は、倒れ込んだわたしを片手で支えた上にひょいと持ち上げてそのままお姫さま抱っこをし『銀座のバーの床に横たわる』という醜態から救出してくれたのである。

なんて素晴らしいイケメンなのだろう。

わたしのイケメン運は、今夜全て使い尽くしたと言って良い。

だが、悔いはない！

ブラボー、千里お兄さん王子！

今宵の記憶を何度も反芻《はんすう》して、御子柴奈々子は強く生きていくことをここに誓おう！

ひゅー！

……あ、なんだかテンションがおかしくなってきた。

「おにいさん……みこしば、ちょっと……ちょっとなんかあたまがへんでーす……」

「うん、ちょっとじゃなくてかなり変になっちゃってるからね」

お兄さんの胸に耳がくっついているから、ドルビーサラウンドもびっくりな素敵な響きで良い声が聴こえる。

むふふー、と笑っていると、ちょっと困った声音でサラウンドが続いた。

「和樹、この豆柴ちゃんをどうしたらいいと思う？　たぶんしばらく立てないよね」

「当店には子犬のハウスは備えておりません」

バーテンさんの意味ありげな笑いが聞こえた。

「千里のとこ、広いんだろ？　室内犬にしてあげたらいいじゃん？　なんてなー」

「いや、お持ち帰りはちょっと……してもいいの？　いいのかな？　マジでうちの子にしてもいいと思う？」

「え、待て千里、よくない、それは駄目」

自分で室内犬がどうこうと言ったくせに、慌てたようにバーテン和樹さんが言った。

「今のは冗談だから本気にするなよ。タクシーを呼ぶから自宅に送ってあげな、千里お兄さん。さっき千里のことをこの子にずいぶん良く言っちゃったからさ、俺の顔を立ててちゃんとしてくれよ？　うちのお客さまに変な真似をするなよ？　な？　友情を裏切るなよ？」

「…………うん、わかった」

「そこで妙な間を作るなよ、怖いから。それにしても、千里が女の子を気にするなんて珍しいよな」

「違うよ、この子は子犬だから」

と、そこでわたしの意識はフェードアウトしたので、イケメンさまたちがその後なにを話し合ったのかはわからない。お兄さんに抱っこされたわたしは、幸せな眠りの国をさまよったのであった。


朝、気持ちよく目が覚めたら。

見知らぬ部屋の見知らぬベッドに寝ていた。

たいへん寝心地がいいので、もう一眠りしようかな、と思いつつ……。

「……ええええええっ、待って！　ここはどこ？」

状況が認識できないわたしは天井に向かって叫んでから慌てて起き上がり、ベッドの周りを見た。

物が少なくてあまり生活感がない、シンプルな部屋だ。でも、ホテルではなさそうである。

モスグリーンの生地に白い花と葉っぱの刺繍《ししゅう》が入った素敵なカーテンが下がっていて、その隙間から光が差し込んでいる。部屋の真ん中にあるテーブルには、わたしの仕事用のカバンが置かれていて、ジャケットが木製のトールハンガーにかけられてぶら下がっていた。

「わあ、なかなかセンスがいいな。素敵な部屋だわ」

ベッドのリネンも、シンプルながら光沢がある質の良いものだ。もしかすると、これはリネンではなくてシルクなのだろうか。

わたしはシーツの端を引っ張り出して、品質表示タグをぴろっとめくった。

そして「おお」と感心した。

「本当に絹だったよ……お姫さまのベッドみたい」

ベッドから降りると、元のようにシーツをマットレスの下に挟んでおく。

シルクのシーツにシルクの枕カバーにシルクの掛け布団カバーに……。

わたしは毛布の表示も見て「うわ、シルク１００％の毛布……毛布までとは思わなかった」と驚きを口にし、改めてもふもふもふっと手触りを確認した。

「なにこれ、気持ち良すぎる。もふもふのふわふわのすべすべだ」

うっとりしたわたしは、ついでにほっぺたでもふもふさせてもらった。

気持ちがいい。離したくない。

これは神寝具だ。

もう一度この中に潜り込みたい。

部屋には、テーブルセットと小さなタンスと、書き物机まである。統一感のある暖かみがあるデザインで、ちょうどわたしの好みのものだ。なかなかおしゃれなインテリアコーディネートだとわたしは感心した。

そして、今の状況を思い出す。

「それどころじゃないんだった。ここはどこ……あ」

昨夜の記憶が蘇《よみがえ》った。

わたしは銀座のバーで酔い潰れたんだっけ！

ぐぬぬ、滝田先輩め！

でもって、すごく美形のお兄さんにお姫さま抱っこをしてもらって……それから……。

『豆柴ちゃん、家はどこ？』

『ぬー』

『勝手に鞄《かばん》を開けられないし……豆柴ちゃん、しっかり』

『……ぬ』

『お願いだから、ぬ、以外の住所を教えてよ』

『ぬう』
『……豆柴語がわからなくてつらい』
ああ、そんな会話もありましたね。
あははは。
その時、ドアが軽くノックされて「豆柴ちゃん、起きたのかな？」と声がかけられた。
「はい、御子柴起きてます！」
かちゃりとドアが開いたそこには、やはり知ってる人が立っていた。
昨夜、大変親身になってくださった、千里お兄さんこと月のプリンスさまである。
お美形さまである。
一生のイケメン運をぶち込ませていただいた方である。
わたしは素早くベッドの脇に土下座をした。
「この度は大変なご迷惑をおかけいたしまして、申し訳ございません！」
しっかりと頭を下げてプリンスさまに平伏した。
絨毯《じゅうたん》もふかふかで、土下座をする脚にとても優しい。
ま、まさか、これもシルクなの？
わたしは土下座しながらこっそりと絨毯の毛足を撫でて確かめる。
うわあ、シルクっぽいよ！
「いきなり土下座とは……さすがは豆柴ちゃん、朝から俺の予想を超えてくるね」

お兄さんの驚いたような声を聞き、わたしは頭を上げた。

「豆柴ではなく御子柴でございます。御子柴奈々子、昨夜はすっかり酔ってしまいまして、千里お兄さんに多大なるご迷惑を……」

初対面の男性に介抱をさせてしまうなんて……女子の風上にも置けない行為である。

しかし、優しいお兄さんは笑いながら手を振った。

「いいよいいよ、気にしないで。でもって、土下座はやめて立とうね。昨日のあれはどっちかというと、豆柴ちゃんは被害者だったんだから、そんなにかしこまらなくていいよ。ほんと、変な男に関わっちゃって災難だったね」

「ありがとうございます。豆柴ではなく御子柴でございます」

「豆柴っぽいのになあ……んじゃ、奈々子ちゃんって呼ぼうかな」

「んなっ」

「いや、むしろ……奈々子？」

「むはっ！」

「はい、奈々子に決定しました」

イケメンに名前を呼び捨てにされたわたしは変な声を出してしまった。顔に血が集まったのを感じて、慌てて鼻を押さえる。

鼻血が出たらどう責任を取ってくれるのですか？

乙女の鼻血は高くつくのですよ！

あと、シルクの絨毯に鼻血を垂らしたくないですから！

そんなわたしの反応を楽しそうに見ながら、千里さんはカーテンを開けた。

「いい子は自分で立とうね。よく寝てたようだけど、今朝起きてから頭が痛かったり、気持ちが悪かったりはしてない？」

「大丈夫です、ありがとうございます。目が覚めた瞬間から大変元気です」

土下座姿が親切なお兄さんを困らせているようなので、わたしは立ち上がった。

「……あの、ここはどこですか？」

「俺のうちだよ。うちのゲストルーム」

「そうですか……って、た、高い！」

待って、窓の外に見えるのは、あれは、都会の遠景？

ということはここはお金をたくさんお持ちの方がお住みになるという、タワーマンションの高層階というところなのだろうか？

そうかもしれない。『ゲストルームがあるうち』っていうキーワードからして、絶対にそうだ。

わたしも、マンションにひとり暮らしをしているのだが、部屋数はワンルームだ。家賃が高いのでアパートにしようかと思ったのだけれど、女性のひとり暮らしを心配する両親……実母と義理の父に猛反対されて、オートロックのマンションにしたのである。

イケメンさまは、お金持ちさまでいらっしゃった！

「奈々子は高所恐怖症なの？」

千里さんが、若干顔を引き攣《つ》らせているわたしに尋ねたが、わたしは物理的な高さではなくお家賃の高さに慄《おのの》いているのである。

「いいえ、高いところはむしろ大好きです」

「それは良かった。窓の外が広々していると、気持ちがゆったりするよね。リビングからも外の景色がよく見えるからね」

「わあ……」

と、喜んでいる場合ではないのだ。

けれど、それ以上なにかを言おうとするわたしを手のひらで押しとどめて、千里さんは言った。

「そうそう奈々子、お兄さんちで朝のシャワーを浴びていく？」

「ふおおおっ！」

朝からイケメンが爆弾を投げてきたよ！


そして。

不肖、御子柴奈々子の現在ですが。

昨夜が初対面のイケメンの家で、朝風呂を堪能しています。都内を展望できるというおそるべきジャグジーに浸かり、まるでお城で目覚めたお姫さまのような気分です。わたしの横には従者の黄色いアヒルが、つぶらな瞳でぷかぷか泳いでいます。

いや、でも、言い訳をさせてもらうとね。

寝室を出て、朝の光が差す広いリビングルームに連れて行かれたわたしは、ざっくりした麻の白シャツにダメージデニムという、スタイルがいい人じゃないと似合わないような服をモデル張りに着こなした千里さんに見惚《と》れていた。

バレないように、横目でこっそりと。

そこで、朝から爽やかなプリンスさまは「ほら、女の子のお泊まりセットを用意したんだよ」と、少し嬉しそうに袋を手渡してくれたのだ。

「お泊まりセット……ですか？」

かなり大きな袋だったので、首をひねりながら中を覗いてみると、そこには歯ブラシのセットにヘアブラシ、高級ブランドの基礎コスメセットにお肌がすべすべになると話題のバスソルトが入っていた。

それだけではない。

ふわふわのトップスと楽ちんワイドパンツのセットアップ（おしゃれなワンマイルウェアである）とか、リラックスアンダーウェア（ま、下着よね）の上下セットとか、お揃いのふわふわ室内履きとか、女子のお泊まり会でも使えそうな可愛らしいものが入っているのだ。

千里さんは、女子力高い系男子なの？

それとも、女子をお泊まりさせることが日常茶飯事のチャラい系男子なの？

「これって……常備してるんですか？」

少し引きながら尋ねる。

「してません！　酷いな、奈々子は俺をなんだと思ってるんだよ」

「だって、こんなものがあるなんて……」

千里さんは、わたしの頭を摑んで「こうしてやるー」と、犬を可愛がるようにうりうりと撫で回した。髪がもしゃもしゃになったわたしは、上目遣いで「ひどーい」と抗議した。

「これは、ここのコンシェルジュに用意してもらった物だよ。女性が担当してくれたから、必要なものはひと通り揃っていると思う」

「あっ、そうだったんですか。よかったぁ、ありがとうございます。あと誤解してごめんなさい」

女子力高い系ではなかったし、チャラ系でも無さそうなので、ほっとする。

「常備はしてませんから」

わざとらしく真剣な表情を作った千里さんに重々しく念を押されてしまったので、思わず吹き出してしまった。

そして、イケメン力にものをいわせて頻繁に女性をお泊まりさせる人ではないようなので、安心した。

それにしても、わたしのために、迷惑な酔っ払い女のために、こんなに素晴らしいものを頼んでくれるなんて、本当に親切なお兄さんである。もう千里さんちに足を向けて寝られない。

「ここはコンシェルジュがいるマンションなんですね」

「うん。とても有能だし便利だよ。日本のサービスはきめ細やかでいいね」

それは羨ましい限りである。

「ん？」

わたしがお泊まりセットの袋から黄色いアヒルのおもちゃを取り出して「こんなものが」と千里さんに目で尋ねると、彼は吹き出した。

「それは俺のせいじゃないよ。ちょっと豆柴っぽい二十五歳の女の子って伝えたから、入れてくれたんだね」

どうやらお茶目なコンシェルジュさんらしい。

「仕事が終わってそのままだったんでしょ？　覗かないから、安心してさっぱりしておいで」

「お兄さんはそんなことをする人じゃないと、御子柴は信じております！」

ここまで準備をしてくれた上にそう言われたら、断れるものではない。

というわけで、わたしは展望窓のついた広いお風呂で、アヒルと一緒にのんびりとお風呂を楽しんでしまったのである。

それにしても、この広いマンションの一室は誰が管理しているのだろうか……ええと、つまり、千里さんには恋人がいるのだろうか？　独身だって言ってたし、わたしを簡単に泊めてくれたのだから内縁の奥さんがいるとは思えない。

でも、このお風呂とかキッチンとかを千里さんが掃除をするイメージは思い浮かばないし……あ、メイドさんがいるとか？　コンシェルジュがいるんだから、メイドさんがいてもおかしくないよね。

滝田先輩にまんまと騙されたわたしは、かなり疑り深くなっていて、部屋に女性の影がないかしっかり確かめようと決心した。


「すみません、お風呂をありがとうございました」

ドライヤーを借りて髪を乾かしたわたしは、ダイニングキッチンにいた千里さんに頭を下げた。

ついのんびりとお風呂に浸かってしまった。

昨日会ったばかりの男性の家でこんなにリラックスするのはどうかと思うけど、窓の外の景色もいいし、バスソルトはいい香りだし、相棒のアヒルもいるし……これは仕方がないのである。

千里さんは、着替えたわたしを見て「ふわふわになって、さらに子犬っぽさが増したね」と笑った。

「よくあったたまった？」

「はい」

「脱いだ服はランドリーに出す？　急ぎにすれば今日中に戻ってくるけど」

「いえ、大丈夫です」

帰りに着る服がなくなってしまうではないですか。

「スーツくらい、すぐに取り寄せるよ」

「いえいえいえ、そんな、通りすがりのわたしにそんなことまで」

「拾った犬の面倒はきちんとみないといけないんだよ？」

「もう、からかわないでください」

親切なお兄さんは、くすくす笑って言った。

「じゃあ、とりあえず朝食にしようか。はい、喉が渇いたでしょ」

よく冷えたペットボトルのミネラルウォーターを渡された。大変気が利く王子さまである。まさに喉が渇いていたわたしは、遠慮なく開けてごくごく飲んだ。

千里さんがくれると水まで美味しい。

「ありがとうございます……なにからなにまで、本当にすみません」

「大丈夫だよ。俺は小動物には優しい男なんだ」

完全にペット枠である。

千里さんに促されてダイニングテーブルにつくと、紙の箱が置いてある。テーブルには、テイクアウト用のカップに入ったホットコーヒーらしきものもある。

「近所のカフェからモーニングを取り寄せたんだ。結構美味しいから、俺も何度か食べているんだけど、奈々子の口にも合うかな」

いたずらっぽい顔の千里さんにさりげなく名前呼びを続けられて、なんだか背中がぞくぞくするーと思いながら、わたしは遠慮なく箱を開けた。

「うわあ、すごく美味しそうです！」

中には焼きたてらしいキッシュとベーグルサンドとオムレツ、人参とブロッコリーのサラダ、そしてオレンジの果肉が閉じ込められたゼリーが入っていた。

「あと、それはコーヒーなんだけど紅茶派だったらごめんね。本当は自分でコーヒーを淹《い》れたかったんだけど、まだカップを用意していないんだ」

「用意？」

「うん。今日買いに行かなくちゃ」

千里さんはコーヒーを飲んで「結構美味しいね。でも、俺が淹れたのも美味しいよ」と笑った。

「実は昨日引っ越してきたばかりでね。細々とした必要なものをこの土日で買いそろえる予定」

「そうだったんですね。楽しそう」

なんだかホテルの一室みたいに思えたのは、まだここでの生活が始まったばかりだったからのようである。千里さんがどんなセンスで雑貨を選ぶのか、見てみたい。

「どちらから越していらしたんですか？」

「ロスだよ」

「……え？　ろす？」

何県って言われるかと思ったのに、ロス？　それは日本じゃないよね？

「ロスアンジェルス」

顔もいいのに発音もいい。

「今までアメリカで仕事をしていたんだけど、日本の会社に来ることになってね」

「おお……それはお疲れさまです。国をまたいでのお引越しは大変でしたね」

「うん。しばらくは日本に住む予定なんだけど、荷物を運ぶのが面倒だから、向こうでだいぶ処分して身軽にやって来たんだよね。あ、熱いうちにどうぞ召し上がれ」

「いただきます！」

わたしは美味しそうなキッシュに手を伸ばした。

わたしたちは朝食を食べながら、冷蔵庫とオーブンレンジと、テレビやオーディオといった家電は揃ってるからとか、洗濯はランドリーサービスにほぼ丸投げだけど、吊るした服にかけられるちょっとしたスチームアイロンはあった方がいいかもとか、近所にある定食屋さんについてなどなど、主に買い物と食べ物屋さんについての雑談をした。

ちなみに配達された朝食は、このカフェにはぜひ行かなければ、と思うほど美味しかった。

わたしは学生時代（……すみません、見栄を張りました。中学生の時の話です）には彼氏と深い付き合いをしなかったし（校舎の裏でちゅっと唇を合わせただけで、恥ずかしくなってお互いに喋《しゃべ》れなくなり、そのまま別れたとか可愛すぎて人には話せないでしょ）就職してからはとにかく業務を覚えるのが忙しくて男女交際どころじゃなかったので、こんな風にプライベートで男性と話すことなどなかった。

実は男性の部屋に入ることすら初めてなのだ。

それなのに、同じテーブルでごはんを食べながら、夢の中から出てきた王子さまのようにとびきりイケメンの千里さんを相手にして、会話がとても弾む。

もしかして、本当に生き別れの兄だったの？　くらいの勢いで、わたしは千里さんに馴れてしまったのだ。

もしやこの方は、猛獣使いなのだろうか？

豆柴は猛獣ではないけれど……。

「食器とか日用雑貨は、『リトリー』っていうお店に行くとおしゃれなものが揃ってますよ」

ここがわたしの会社からギリギリ徒歩圏内という近い場所にあると知らされていたので、わたしはお気に入りの店を紹介した。

「普段使いのものですよね？　わたしはその店で結構買い揃えましたよ」

「うん、欲しいのはマグカップにお皿に箸《はし》に……あと、キッチンタイマーも買おうかな。

基本的に外食中心になるから、食器は少しでいいけど、急に袋のラーメンが食べたくなった時に困るでしょ」

「あー、ありますね！　無性に袋ラーメンが食べたくなること、あります」

「そそ、カップ麺も美味しいんだけど、袋ラーメンはまた違うんだよ。あ、ラーメンを食べる時にも使える食器を買わなくちゃ」

「そうしたら、サラダとかにも使えるボウルタイプのものがいいですね。中華っぽい、ラーメンマークが入ったのだと応用できないし」

「そうだよね。あのぐるぐるしたのが付いていると、もうラーメンにしか使えないな」

「あの雰囲気がいいんですけどね」

食後だというのに、ラーメンの話題で盛り上がる。

「掃除は家政婦を頼んであるから大丈夫だけど、小型の掃除機くらいは欲しいかな……勝手に掃除するロボット型でもいいか」

このリビングは広いので、ロボットも掃除のしがいがありそうだ。

「床に物がないから、ロボット掃除機が効率的でいいかもしれませんね。あの子、勝手に充電したりして賢いから、仕事している間に部屋を綺麗にしてくれますよ。あと、コロコロするのもひとつあると便利です。粘着テープのついた、アレ」

「ああ、そうだね、アレは欲しいね」

「ティッシュとかの消耗品って、家政婦さんが揃えてくれるんですか？」

「コンシェルジュに頼んでも大丈夫。タオル類は家政婦にお任せにしてあるよ。使ったものは籠に入れておくと、洗濯して乾燥して畳んでしまうところまでやってくれる」

「うわあ、楽ちん！」

そういえば、脱衣所の棚にはふわふわのタオルが並んでいたっけ。

お金さえあれば、快適な暮らしができるのだ。

お金持ち、すごい。

あれ、もしかしてパンツも家政婦さんが洗うのかな……。

「パンツは自分で洗います」

「なぜそれを⁉」

心を読まれたよ！

「違うよ、奈々子は考えていることがわかりやすく顔に出てるの。あと今、ちらっと俺の股間を見たでしょ」

「名探偵か！」

「奈々子のえっち」

「そそそそういう意味ではなくてですね！」

わたしは両手で頬を押さえて「もう考えを読まないでください」と言った。

「はいはい。そうだ、奈々子は今日は会社が休みなんだよね。なにか予定がある？」

「特にないですよ」

　すると、千里さんは頬杖《ほおづえ》をついてにっこり笑った。

「よかったら今日の買い物、付き合ってよ。あれこれ選ぶの好きでしょ？」

「好きです！」

「あはは、お手伝いしてくれる良い子の豆柴ちゃんには、美味しいものをたくさん食べさせてあげるからね」

　はいよろこんでーっ！

　イケメンさまの笑顔の破壊力でキルされたのではなくて、美味しいものに釣られてしまうわたしであった。

　あと、呼び方が豆柴に戻ってるよ！


「それじゃあ、支度ができたらＬＩＭＯしてね。近くのコンビニでのんびりしてるから」

　わたしのマンションの下に車を停めると、千里さんがスマホを振りながら言った。連絡用にと、さっきＩＤを交換したのだ。

　わたしのスマホに初めて入ったプライベートなおつきあいをしている男性のＩＤが、イケメン王子のものになるとは……人生とはわからないものである。

「日本のコンビニっていいよね。日本が生んだ素晴らしい文化だと思うよ」

　アメリカ帰りの王子さまは、コンビニがお気に召しているらしい。

「じゃ、またあとでね」

「はい、ありがとうございます」

「ゆっくりでいいからね」

そう言って、真っ白なドイツ製の車に乗った千里さんはわたしに手を振り、車を出した。通勤用のバッグと脱いだ服が入った袋を持ったわたしも手を振る。

「乗り心地がいい車だったな。あとでお義父さんに教えてあげようっと。車を買い替えたいって言ってたし」

親切な千里お兄さんは、ワンマイルウェアを着たわたしをマンションまで送ってきてくれたところなのだ。これから着替えて支度をし、千里さんちの雑貨の買い出しに行くのである。

買ったばかりだという車の助手席に乗ると、未来の乗り物のコクピットみたいな感じだったので、わたしは興味を持っていろいろ質問をした。

「向こうでも同じ型の車に乗ってたんだよ。この車種は乗り心地がいいし、安全システムがいいから気に入っていて、結構リピートしてる」

お金に困っていらっしゃらないプリンスさまは、新車が出ると買い替えてきたという。最新式の方が優れた技術を備えているからだそうだ。

アメリカは車社会で幅広い年齢層の人がハンドルを握っているし、ワイルドでアグレッシブなドライバーも多々いるそうだ。道路によっては四方を巨大なトラックに囲まれてしまった、なんてこともあるらしい。アクション映画のワンシーンだ。

そんな目にあったらわたしだったら泣く。アメリカ怖い。

そのため、千里さんは車の安全性に敏感になったという。

一晩留守にした部屋に戻り、手早く着替えて薄くメイクをする。わたしの顔面スペックでは千里さんの隣に立つにはふさわしくないと思うのだが、ペットの子犬枠なら大丈夫だろう。世の中のイケメンと付き合う女性は大変だろうな、と思う。

カジュアルな水色のワンピースに薄いカーディガンを羽織る。そして、プライベート用のバッグに財布やスマホなどを移し、買い物で歩き回るだろうから、ベージュのスニーカーを履く。

さて、千里お兄さんとデート……ではなく、犬の散歩だ！

二　子犬の散歩

　千里さんのマンションは、都内にあるわたしの会社から車で十分ほどというとても近い場所にあった。広いリビングダイニングキッチンに主寝室、ゲスト用のベッドルーム、そして書斎という広い間取りのマンションは、一人暮らしをする男性にはオーバースペックのような気がしたけれど、まさか近々結婚をする予定でも……いや、それはなさそうだ。そんな人が、酔っぱらった子犬を泊めてくれるわけがない。

　車の中で「おうちのお家賃、高そうですね」と尋ねたら「買取だから、賃貸の価格はわからないな……まあ、いい値段で貸せると思うよ」という答えが返ってきたので、わたしはとりあえずにっこり笑って「そうなんですか」と返した。

「あの部屋はね、資産のひとつとして購入したんだ。この先またアメリカに住むかもしれないし、他の国に拠点を移すかもしれない。だから、賃貸に出すことも考えて、ファミリーでも住める広さのものを選んだんだよ」

「なるほど……資産ですか」

「うん。アメリカにもいくつか買ってあるしね。奈々子もお金が貯まったら、資産は預金だけでなく、株式、債券、不動産って分割しておくといいよ」

「あは、あはは、そんな日が来るのかなー」

うーん、資産運用とはお金持ちさまめ。

この人のことはリアルプリンスと呼んでいいかもしれない。

パーキングに車を止めて、お店の並ぶ通りを散歩しつつ買い物をしていくことになった。革ジャンを羽織りサングラスをかけた千里さんを案内する。

「千里さん、こっちです。ほら、あのお店が」

「あぶなっ」

わたしが道の反対側の店を指差して、そのまま渡ろうとすると、千里お兄さんにがしっと手首を摑まれてつんのめってしまった。

「わっ」

転びそうになったわたしの腰の辺りを掬《すく》い上げるようにして、親切な王子さまはわたしを俵担ぎした……え、なぜに俵？

王子さまときたら、そこはお姫さま抱っこだよね？

「豆柴ちゃん、急に道路に飛び出したら危ないでしょ？」

「……すみません」

身長が180センチくらいある、足が長くて背の高い千里さんの肩に引っ掛けられると、151センチのわたしには地面がとても遠く見えてちょっと怖い。

「奈々子はちまっとしてるから、認識してくれない人も多いと思うよ。ドライバーが気付かなくて車に轢《ひ》かれるかもしれないし、鉄砲玉みたいに見ず知らずの人に体当たりして怪我《けが》をさせてしまうかもしれない」

「……そこまでは、ちまっとしていないと思います」

あと、そこまでお子ちゃまでもない。

「そうかわかった、ここに首輪とリードをつけて欲しいんだね？」

千里さんの優し気な声が怖すぎる。

「可愛いうちの子犬が怪我をしたら大変だから……」

「つけて欲しくないです！　すみません、以後気をつけますから」

わたしにはそのような趣味はございませんので、慎んでお断り申し上げます！

麻の白シャツの上に黒い革ジャンを着て、さらにサングラスをかけたため、ちょっと迫力が出て闇の貴公子風になっている千里さんは、肩からわたしを下ろした。

そして、わたしの右手を優しく握った。

「え？」

「こうしておこうね」

男性との手つなぎだなんて！

フォークダンスの時にしかしたことがないのに！

わたしは顔が熱くなるのを感じて俯いた。

「あの……ここまでしっかりと、手を、つながなくてもいいかなって思うんですよね」

「駄目」

わたしがあわあわしながらつながれた右手を見ていると、千里さんは空いた手でわたしの顎をすっと撫で、そのまま首をくすぐって笑った。

「奈々子には赤い首輪が似合うかな」

慌てて顔を上げる。

「手をしっかりとつないでくださってありがとうございます！」

「うん、いい子」

唇が美しいカーブを描いたけれど……王子さまの笑顔は、顔が綺麗だから余計に怖いんだよ……。

そして、しっかりと指を絡めた恋人つなぎにしながら、わたしと千里さんはお目当ての店に向かった。


「あっちがキッチン用品売り場なんです。マグカップでいいんですよね」

「うん、普段使いのものを買いたいからね。マグカップなら、牛乳たっぷりのカフェ・オ・レにも使えるし」

「コーヒーカップだと小さいですよね」

「うん」

わたしたちは、カラフルなマグカップが並んだ棚の前で、どれがいいかと見回した。

「どんな感じにしますか？　ポップなデザインのものも可愛いし……あのダイニングだと、モノクロだとおしゃれすぎて逆につまらないかも……焼き物も面白いけど、重厚すぎて朝のカフェ・オ・レには合わないかな……」

「なるほどね。奈々子のセンスに任せるよ」

「ええっ」

「ほら、どれを使いたい？　ふたつ選んでね」

「ペアにするんですか？」

「友達と飲むのに使うでしょ」

「わかりました」

わたしは悩みながらいくつかのカップを手に取った。

「コーヒーが美味しそうに見えるのは、内側が白いものだと思います。で、キッチンが大理石の天板を使っていたりして重い雰囲気なので……アクセントに色が入ったものがいいかなって思うんです」

わたしは、白地に藍色と黄色と緑の幾何学模様が入ったカップと、藍色と赤と紫色の模様の色違いのカップを選んだ。小さな丸と四角と三角が組み合わさった、あまりうるさくない、程よくカラフルな柄のマグカップだ。

「これならコーヒーの色が綺麗に映えそうだし、ダイニングテーブルに置いた時に変に浮かない色合いだと思うんです」

「なるほどね……俺もこのカップは好きだよ」

千里さんは「上手に選んだね、いい子いい子」とわたしの頭をわしわし撫でた。

完全に犬扱いである。

「それじゃあ、その調子でランチョンマットも選んでよ」

「あ、わたしもランチョンマットがあるといいなって思ってたんです！　グレーか藍色はどうですか？」

「うん、探してみようね」

買い物籠にマグカップを入れたわたしたちは、今度はランチョンマット売り場であれこれ見て選び、おしゃれな片手鍋とラーメンを入れる器も忘れずにゲットしてから、今度は『ゲストルームに時計をつけた方がいい』と時計売り場にまわり、楽しく買い物をこなしていったのであった。


「あれ……御子柴先輩、ですよね？」

両手に荷物を持った千里さんと並んで店を出ると、すれ違った女性に声をかけられた。

振り返ると、そこにはオフホワイトの七分袖ニットにワインカラーのフレアパンツを合わせた美女がいた。

「やっぱり御子柴先輩。可愛い格好をしてるから見違えましたよ。こんにちは」

「鏑木《かぶらぎ》さん！　わあ、びっくり偶然だね。きゃー、美人さんなファッション、おっしゃれー！　オフの日に外で会うなんて初めてだよね、ラッキーだね。ねえねえ、今日は買い物に来たの？　あ、もしかして、鏑木さんもこの店がお気に入り？　わたしもなんだよー」

わっふわっふと興奮するわたしに、落ち着いた後輩はわたしの頭を撫でて「よしよし」と言った。

って、あなたは後輩ですよね？

「そうなんですか、この店はなかなかいい趣味ですよね。それにしても、先輩っていつも子犬の瞳でホント人懐っこいですね。パタパタ振る尻尾の幻が見えて、今日も可愛さがヤバいですよ、うっかり拾われないようにしてください」

「ひ、拾われないよ……」

総務部の鏑木沙也加《さやか》さんが「歳上に見えませんね」と笑って言った。

そうなのだ、この後輩は、わたしよりも身長が13センチも高い。さらに出るところと引っ込むところがはっきりしたプロポーションなので、大人っぽい雰囲気だ。ちびっ子でちんちくりんなわたしが並ぶと、どう見ても彼女の妹分である。

後ろで「子犬言われてる」と吹き出すのが聞こえる……千里さんめ！

「あ……先輩、もしかすると、彼氏さんとご一緒ですか？　デート中にお邪魔をしちゃいましたか？」

総務部にいた時にわたしが面倒を見た可愛い後輩は、物怖じしない迫力美人なので、千里さんをガン見しながら言った。

「ふむふむ。見た目は合格かな」

「え、なんの採点?」

「もちろん、可愛い先輩の横に立つ者としてふさわしいか、のチェックです」

「ひっ」

その視線の冷徹さに、わたしは思わず悲鳴を漏《も》らした。

新入社員の頃から、個性が立ってる鏑木さんは少し敬遠されがちだったのだが、『怖いもの知らずの咬《か》ませ犬』（酷いよ、咬ませないでよ！）という大変失礼な評価をされていたわたしが教育係となりしっかりと育て上げたので、今ではその力を発揮しまくって頼もしい存在になっている。

ちなみに、最近わたしは総務部から経理部に異動になったので、今はそこで『経理の猛犬注意、ただし子犬』という迫力があるんだかないんだかわからない、やっぱり失礼な評価をされている。

「荷物を女性に持たせないのはいいですね。ちまっこい先輩に重いものを持たせるような男だったら、その場でわたしが……」

「尊敬する先輩を『ちまっこい』扱いしないようにね。あと、その場でなにするの、怖いからやめて」

「大丈夫、正当防衛で収めます」

「それは全然大丈夫じゃないよね！」

「で、いつからのお付き合いですか？」

「ええと、なんていうか……」

どう紹介すればいいのか。

昨夜不埒《ふらち》な既婚者に酔いつぶされそうになったところに居合わせて保護してくれた、親切な通りすがりのイケメン王子？

いや、そんなことを言ったら「先輩、なにアホなことをやっちゃってるんですか」と言われ、場合によっては粛清されそうだ。美人の冷たい目で蔑《さげす》むような視線を向けられても、わたしには全然ご褒美《ほうび》ではない。むしろつらい。

「あ……もしかして、ごきょうだいなんですか？」

「え、どうして」

そう思ったの？と尋ねようとしたら、千里さんが口を挟んだ。

「お兄さんですよ」

荷物を抱えたイケメンは、にやりと笑う。

サングラスをしてダメージデニムを履いた千里さんは、そんな笑い方をすると謎の奇術師っぽいというか、なんとなくいかがわしい感じになる。

そして、彼はわたしの兄ではない。

だが、鏑木さんは「ああ、やっぱり」と納得してしまった。

「なるほど、ふたりとも髪質がそっくりですからね。茶色くてふわふわの犬系……その髪質は、女性はいいけれど男性は将来が心配かもしれませんよ、分量的に。お兄さん、ファイト！」

「な、ファイ……」

「海藻、食べてこ！」

うわー、鏑木さんからすごい一撃が来たよ！

さすがの千里さんも怯んで絶句している。

「じゃあ先輩、失礼しますね。また会社で」

「う、うん、またね」

鏑木さんは軽くわたしの頭をモフると、とっとと店内に入った。

びしっと伸びた背中を見送ってから、おとなしくなった千里さんに声をかける。

「千里さん、あれは会社の後輩なんです。ちょっと変わってるけど悪い子じゃないので、彼女の発言はあまり気にしないでくださいね」

「……」

どうしよう、すごく気にしてるようだ。

「うちの義父は剛毛ですけど、最近では頭頂部が怪しくなってきてます。柔能く剛を制す、って言うじゃないですか。きっと千里さんは大丈夫ですよ、髪質が柔だから。ね？」

「……そうかな」

「そうですとも」

「……」

「お昼は和食を食べましょうか？　わかめのお味噌《みそ》汁があるところで」

「……ん、海藻食べる」

わたしは元気がない千里さんの手を引っ張って「さあ、荷物を車に置いて美味しいものを探しに行きましょう」と駐車場に向かうのだった。


そして今。会社の近くの定食屋さんに入ったわたしたちは、筍《たけのこ》とわかめを旨みたっぷりの出汁で炊き上げた若竹煮をもしゃもしゃと食べている。

「んんっ、美味しい。鰹節は神。わたし、こういう素朴な和食が大好きなんですよね」

この若竹煮は、カレイの煮付け定食に小鉢として付けられたものだ。わたしのお盆には他にもほうれん草の胡麻和えと、甘辛く煮た椎茸としらす入りの卵焼き、そしてお漬物が乗っていて、食後のデザートにはミニわらび餅まで付いている。

もちろんお味噌汁は、わかめとお豆腐だ。

これは、お値段がお高めの豪華版定食なので、普段のランチでは滅多に食べない。いつも食べている普通版は、小鉢がひとつでわらび餅も付いていない。だけど、ご飯のお代わりは自由である。

「俺も和食が好き。日本のいいところは、美味しいものがたくさん食べられるところだと思うよ」

「ロスじゃ、和食の店はあまりなかったんですか？」

「あの町は日本人が多いから、結構あったよ。ロスはアメリカの中では比較的和食レストランが多いんじゃないかな。ラーメンとか、日本のチェーン店のカレーとかも食べられたし」

「チェーン店ですか」

「そう」

千里さんは、日本でお馴染みの店をいくつかあげた。

そして、百均まであることも教えてくれた。

……なんだかアメリカ西海岸のイメージが崩れていくような気がする。

「でも、日本食の値段はかなり高いよ。それでも他の地域では、和食というとものすごく高級か、日本のテレビでも取り上げられるようななんちゃって和食とかになってくるから、ロスは恵まれていると思う。でも定食屋さんはほとんどなかったな」

数を売って勝負の定食屋は、アメリカでやっていくのは難しいらしい。

「お好み焼き屋はあったけどね。でもやっぱり高いから、こっちほど気軽には食べられないな」

「わあ……わたし、アメリカで暮らせないかもしれない」

三食和食でもいいくらい、和食が大好きなのだ。

「でもスーパーに行けば普通に食材も調味料もあるから、自分で料理できれば大丈夫だよ」

「そうなんですね」

でも、こんなに美味しいカレイの煮付けは、食べられなさそうだな。

ちなみに、このお店の小鉢は他にもさつま揚げと大根の煮物、大豆と昆布の炊き合わせ、冷奴に刻んだザーサイとネギがのったもの、などという美味しいメニューもあるのだが、ふたりとも若竹煮を選んだのは、筍が大好きというのと……鏑木さんの言葉で海藻を食べたくなったからである。

そして、千里さんは、大豆と昆布の炊き合わせも選んでいた……。

うん、海藻、食べてこ！

「千里さん、卵焼きをひとつお味見しますか？　ふたつあるからいいですよ」

「ありがとう、奈々子。優しいね」

にこっと無邪気に笑った千里さんは、お箸で卵焼きをひょいと摘もうとしたところで止めて、そのまま引っ込めた。そして、サングラスをずらしてわたしを見ると「奈々子に食べさせて欲しいな」と上目遣いで色っぽく囁《ささや》いた。

わー、色気を無駄に放出するのはやめて！

「あーん」

ここは真っ昼間の定食屋さんよ！

「千里さん……んもう」

サングラスをしているから破壊力は減っているものの、イケメンにあーんさせて待たせているると、周囲の注目を集めそうなので、わたしは急いで卵焼きを摘むと雛鳥化している千里さんの口に放り込んだ。

「甘えん坊ですか」

「すごく美味しい」

「そうです」

鏑木さんの言葉で傷ついた心を癒したいのだろう。ここは彼女の先輩としての責任を取り、少々サービスをしておくのもやぶさかでない。

「これからどうしますか？　買い物はあらかた終わりましたよね」

遅めのお昼ごはんなのだが、今はまだ一時半くらいである。

「んー、どうしようかな。うちでごろごろする？」

付き合いの長いカップルかよ！

わたしは内心で突っ込み、やっぱりサービスをするのはやめておこうと思った。

「用事がなければ、わたしはこれで」

「え？　俺を置いて行っちゃうの？」

千里さんは、悲しげな声を出した。

「日本に来たばかりで、まだ知り合いもあまりいない俺を、ひとりにするの？」

「人聞きの悪いことを言わないでください。ご実家とか昔の友達とかはどうしたんですか」

「俺のご実家は神奈川なので、東京ではひとりぼっちだよ。あ、和樹はいるけど、嫁さんと子どもと過ごすので忙しいから遊んでくれないし」

「そ、そうですか」

そりゃあそうだろうなと思う。

「新しい会社は月曜日が初出勤だから、知り合いは奈々子だけなの」

「そこで瞳を潤ませるのはやめてください」

「捨てないでー、遊んでー」

子犬か！

人のことを豆柴扱いするくせに、自分が子犬化するのか！

なんてあざといイケメンなのでしょう。

放っておくと、くんくんいい始めそうなので、わたしは「それなら、これを食べ終わったら少し都内を散歩しますか？　どこか行きたいところはありますか？」と尋ねた。

「奈々子とスカイツリーに行きたいです！」

「は？」

「あと、浅草にも行きたいです！　アイラブジャパーン！」

アメリカンなおのぼりさんかよ！

妙にはしゃぐイケメンに、わたしは再び心の中で突っ込んだ。

「奈々子、俺んちはどっちかな？　わかる？　マンション見える？」

「見るのは無理かなー」

一旦車をタワーマンションの駐車場に置いて、わたしたちは電車でスカイツリーにやってきた。千里さんは展望台からの風景に夢中である。

「わあ、ここの床が透けてる！　見て見て、空中に立ってるみたい……奈々子、気をつけて。スカートを押さえないと下から覗かれちゃうよ」

「そんなスーパー視力を持った人はいないと思いますけど」

「この光るスカイツリー、リビングに置いたら東京っぽくておしゃれだと思わない？」

「……わたしのセンスで言うと、かなり、めちゃくちゃ、おしゃれに置くには無理があると思います」

「カフェ見つけた！　あそこでコーヒー飲もうよ、世界一高いカフェだもん、絶対美味しいよ。え、スカイツリーはもう世界一じゃないの？　なんだよー誰が抜いたんだよー」

「誰っていうか、何が、ですね。中国の電波塔だったかな？　スカイツリーが二位になったのを知って、さらに高さを伸ばしてきたみたいです」

「えー、うちも伸ばそ！　伸ばしていこ！」

「……あきらめましょう」

「そんなー」

はい、わたしの隣では、アメリカ帰りの大型犬（ただし子犬）がわっふわっふとはしゃいで大変です。犬には高いところに登ると興奮する習性があるのでしょうか。

わたしの首ではなく、この子の首に青い首輪と強靭《きょうじん》なリードをつなぐべきではないかと思われます！

そして大きな子犬は今、スカイツリーがもう世界一高い電波塔ではないことを知って、しょんぼりしている。わたしの心の目には、ぺしゃんとなった耳と、床に力なくぶら下がった尻尾の幻が見える。

「千里さん……よしよし」

わたしが手を伸ばすと、身体をかがめてきたので、頭を撫でてあげる。

「奈々子、優しい。ちょっと元気出た」

なにこの子犬、可愛すぎる。

「とりあえず、スカイツリーは満喫したからもういいよ」

「それはよかったです」

今日は天気も良く、大人気の展望台のチケットを買うのに少し待ってしまったので、時間はもう五時を回っている。

というか、まさか展望台に二時間もいることになるとは思わなかった。隅から隅まで歩いて、さらにもう一度まわり、カフェで買い食いをしてお土産売り場を舐《な》めるように見ていた長身のイケメンはとても目立つから、スカイツリーにお勤めの皆さんに絶対「あ、まだいる……」って思われていたと思う。だから、『満喫した』の言葉に、わたしは心底ほっとさせてもらった。

見た目は王子さまなのに、中身は男子《しょうがくせい》だったんだね。

月のプリンスだから、高いところに上りたくてたまらない習性があるのかな。

「奈々子、浅草行こうよ。もんじゃ焼きを食べよう」

「え、これから浅草？」

これで解散じゃないの？

怪訝《けげん》な顔をするわたしに、千里さんは嬉しそうな顔でスマホの画面を見せた。

「さっきスマホで予約したから！　ほらここ、海鮮の鉄板焼きもあって、焼きそばもじゅわっと炒めてくれて、店に入ると焦げたソースのいい匂いがぷんぷん匂うんだよ」

なにそれ美味しそう。

「大丈夫、タクシーで行けばすぐだから」

このお金持ちさまめ！

電車を使わないのか！


ということで。

スカイツリーを下りたわたしたちはタクシーに乗って（車社会のロスにいた千里さんにとって、気軽な移動手段＝車らしい）浅草のもんじゃ焼きのお店にやって来た。カウンターに座っていると、店員さんが目の前でこだわりの美味しい焼き方で全部調理してくれるという、とても楽なもんじゃ焼き屋さんである。

千里さんが「うちまで送るから、生ビール飲まない？」と誘ってくれたので、わたしたちはキンキンに冷えたビールのジョッキを持ち上げて乾杯した。

「奈々子、今日は一日中俺に付き合ってくれてありがとう。すごく楽しかったよ」

「わたしも楽しかったです」

冷たいビールが喉に染みる美味しさだ。わたしは笑顔で千里さんに言った。

「都内に住んでいると、改めて観光なんてしないですから、今日はいろいろと楽しい体験ができました」

「それならよかったよ」

喉が渇いていたわたしたちは、あっという間にビールを飲み干してしまった。

目の前の鉄板では、帆立と車海老が焼かれている。その脇には差しがしっかりと入った、厚みのある素晴らしい牛肉が……え、待って。ここはわたしの知ってる鉄板焼き屋さんと違う。

「俺はハイボール。奈々子はどうする？」

「あ、烏龍茶で」

「好きなだけ飲んでも大丈夫だよ。酔い潰れたら、またうちに泊まればいいし。美味しいものをたくさん食べさせる約束だから、遠慮しなくていいよ」

焼き上がった車海老さまと帆立さまが、食べやすく切れ目を入れて目の前に置かれたので、摘んで口に入れる。バターの香りと共に、海産物の旨味が口いっぱいに広がった。

「んんんーっ、うんまい！　……いえ、そういうわけにもいきませんから」

お断りしたけれど、ちょっと真剣みにかけたかもしれない。

隣に座った千里さんは、わたしの肩をツンツン突きながら言った。

「えー、なんならこのままうちの豆柴になっちゃえよ、ちゃんと室内飼いするからさ」

「御子柴は自立しているので、室内飼いはされません」

「それは残念だな」

悪い大人の千里さんは、わたしに烏龍茶とやたらとお高い梅酒を頼んでくれた。

「千里さん……」

梅酒のグラスを千里さんの方につつっと押すと、長い指がつつっと押し返してきた。

「日本が誇る梅酒をお飲み。ゆっくりでいいから」

氷の入ったお水も頼んでくれて「はい、チェイサー」と隣に置かれた。

「そりゃあ、梅酒は好きですけど……うんまっ」

なにこれ美味しい！

ひと口飲んだわたしは驚いた。

メニューを読むと、日本酒で南高梅を漬けた特別な梅酒だという。

「すごく美味しいです。こんな梅酒を飲むのは初めて」

ハイボールを飲んで、焼きたての帆立を食べていた千里さんは、優しく笑った。

「それね、和樹に頼んで何度かロスまで送ってもらったことがあるんだ。元の日本酒がとっても美味しいから、最高の梅酒になるよね」

ホームパーティに出すと、絶対に何本も飲み尽くされるやつなんだ、と千里さんは笑って言った。

「俺のお気に入りの梅酒だから、お気に入りの奈々子にどうしても飲んで欲しかったの。無理に勧めてごめんね」

「あ、それは、いえ、ありがとうございます……」

わたしは、アルコールのせいではなく顔が熱くなった。

サングラスを外した千里さんの美貌は、至近距離からだと致死的破壊力があるのだ。そのイケメンさまにじっと見つめられたので、立っていたら腰を抜かしていたかもしれない。

「……奈々子は、もう外飲みはしない方がいいね」

「え？」

「酔うと可愛すぎるから」

人差し指で頬を突かれて、余計に顔が熱くなる。

も、もう、さっきまでは可愛い子犬（大型犬だが）だったのに！

千里さん、生意気ですよ！

「昨日もまんまとレディキラーを飲まされるしさ、危なっかしいな、この豆柴は」

「御子柴です。で、レディキラーって、結局なんなんですか？」

なんだかドキドキしてきたわたしは、慌てて話題を逸らした。

「レディキラーっていうのはね、女の人を酔い潰すための悪いお酒です」

大事だからよく覚えておいてね、と千里さんが言った。

「口当たりが良くてつい飲んでしまうけれど、実はアルコール度数がとても高いお酒なんだ。奈々子が飲まされたロングアイランドアイスティーの他に、オレンジジュースみたいにごくごくいっちゃうスクリュードライバー、生クリームの白とコーヒーリキュールの黒が美しい、インスタ映えするホワイトルシアン、あとは……」

千里さんはわたしの耳に唇を寄せて、吐息をかけながら「ビトウィーンザシーツ、とかね？　とっても危ないお酒だよ」と囁《ささや》いた。

「ひゃっ」

変な声を出して両耳を押さえたわたしを見て、千里さんはくすくす笑った。

危ないのはあなたですよ！

「ななななにをするんですか！」

「無垢《むく》で危なっかしい子犬に、身を守るための知識を伝授しただけですが？」

聖職者のような表情で、千里さんがしれっと言った。

神々しいほどに眩《まぶ》しいイケメンの笑顔にたじろいだわたしは、唇を噛《か》んで目を逸らす事しかできない。

おのれ、千里さんめ、乙女の耳元でふーするとは……顔が良ければ何をしても許されるとでも……くうっ、やっぱり顔が良すぎる！

「普通に、コミュニケーションを取るのに適切な距離での伝授をお願いします」

わたしは、お酒が入ってきたせいか、さらに馴れた子犬……いや、危険な狼になってきた千里さんに弱々しく抗議した。

「えー、だってー」

わざとらしく語尾を伸ばしてから、またしても耳に囁きかけてくる。

「大きな声で言えないでしょ。ビトウィーンザシーツだなんて。……まるで奈々子をシーツの間に誘ってるみたいだから……ね？」

誰か、この色気ダダ漏れイケメンをなんとかして！

「しっ、さっ、せっ」

「さしすせそ？」

「違います！」

わたしは首を傾げる千里さんから身体を離して言った。

「椅子から落ちるよ、豆柴ちゃん」

「御子柴は真面目な女子なので、えっちなことを言うのはやめてください」

「だってそういう名前のカクテルなんだもん」

「大の大人が『もん』って言うのもやめてください」

「あ、ちょっとあざとかった？」

今度は電気ブランハイボールなるものを頼んだ千里さんが、グラスを傾けながらくすくす笑った。

「奈々子と一緒にお酒を飲んで、美味しいものを食べて、楽しいな」

「全部スルーですか！」

「豆柴サイコー！　ひゅー！」

さては酔ってるね、千里さん。

「豆柴と一緒に、次はもんじゃ焼きかな。もんじゃ焼きが食べたいなー」

すると、鉄板焼きを作ってくれた店員さんが「すみません、カウンター席だともんじゃ焼きはできないんですよ」と申し訳なさそうに言った。

「もんじゃ焼きが……できない？」

それはそうだ。

自分たちで鉄板を囲まないと、もんじゃ焼きを小さいヘラで押しつけてじゅうじゅうできないよね。

あれはお皿に盛りつけて食べるものではないし。

それは当然のことなのに、千里さんはショックを受けてしまった。

「そ、そんな……」

「お好み焼きはできますよ」

「あ、じゃあデラミックス焼きをひとつね。そ、そんな……俺は今夜、もんじゃ焼きを食べる気満々だったのに……」

　嘆きの演技の合間にちゃっかりオーダーしてるし。

「俺は、俺は……」と身をよじって悲しみを表現するイケメンの頭をぽんぽんと叩いてなだめながら、わたしはフォローした。

「今夜は美味しい牛ステーキも食べたじゃないですか、わがまま言わないでください。わたしはお好み焼きと焼きそばが食べられれば満足ですから」

「あ、焼きそばも追加ね」

「承知しました」

　千里さんの怪しいお芝居を見た店員さんが、笑いながら鉄板でお好み焼きを焼いていく。丸いボウルみたいな蓋《ふた》を乗せて蒸らしてから、焼けたお好み焼きを器用にひっくり返すと、今度は隣で焼きそばだ。

「よかったら、またきてくださいよ。次はテーブル席で」

　店員さんが、ソースとマヨネーズをかけたお好み焼きを切り分けてお皿に乗せ、カウンターに置いてくれた。ふわっふわに焼けた熱いお好み焼きの上では、鰹節が踊っていて、生き物のようだ。

　さらに、ソースの焦《こ》げた匂いがたまらない焼きそばも出てきた。わたしは焼きそばに入ってる、端っこが焦げたキャベツが大好きなのだ。

　焼きそばの半分がキャベツでも許すよ。

「お好み焼き、美味しそうだなあ……うん、そうする。奈々子、もんじゃ焼きを食べにまた来ようね」

にっこり笑ったイケメンさまは、そう言うとお好み焼きを食べ始めてはふはふ騒ぎ出した。

「これは美味しいお好み焼きだ！」

「ありがとうございます」

「中に大きな海老とタコとイカと帆立が入ってる！　すごいな、このお好み焼きは！」

「デラックスなミックスなので、具には自信があるお好み焼きですよ」

「ああもう、俺、日本大好き！　ああ、この焼きそばは！　すごく普通な感じが美味しい！」

「はい、普通の焼きそばなので」

美味しい美味しいと感激しながらイケメンが美味しそうに食べている様子を見て、周りから次々にデラミックス焼きと焼きそばの注文が入り始めたから、千里さんは困ったお客さんではないはず……と思いたい。

それにしても……このお好み焼きは美味しい！

あと、普通の焼きそばも最高！

わたしも日本が大好きだよ！

「千里さん、今日は一日とても楽しかったです。ありがとうございました」

「こちらこそ、買い物や観光に付き合ってくれてありがとう。俺も豆柴ちゃんと遊べて最高に楽しかったよ！　だから、俺がＬＩＭＯしたらそっとブロックしないでね」

「あはは、しませんよ」

「もんじゃ焼きのリベンジも行くからね！　じゃあ、おやすみ」

「おやすみなさい」

わたしはタクシーの中の千里さんに頭を下げた。マンションの玄関に入る時、わたしを見守ってくれている彼にもう一度頭を下げて手を振る。

アメリカは日本より治安が良くないというから、その基準なのかもしれない。無事に建物に入ることを確認しているのだろう。

エレベーターで五階に上がり、ドアを開ける。このマンションはセキュリティがしっかりしているので、玄関ドアは顔認証と暗証番号で開けるのだ。顔を認識してもらえない時には、カードキーが必要になる。

このセキュリティレベルは、わたしが一人暮らしをする時に義父に出された条件なのだ。

わたしの父は、まだわたしが小学生の時に急な病気で亡くなった。そして、看護師の母はわたしが高校に入った時に、以前同じ病院で働いていた理学療法士の義父と再婚したのだ。

仲が悪いわけではないけれど、やはり同じ屋根の下に他人の異性がいるのは気になって、就職した時にわたしは家を出た。義父はたぶん、それを気にしているのだろう。わたしの給料ではとても借りられないこのマンションを借りてくれた。

悪いとは思ったけれど、この義父がかなりやり手な人なのだ。

理学療法士として勤務してから柔道整復師の資格を取った義父は、治療院を開業するとカリスマ療法士として名をあげ、今では弟子を育てて、三店舗まで増やしている。つまり、経済的にかなり恵まれているわけだ。わたしは義父のお金をあてにはしたくないけれど、学費も援助してもらえたから助かった。

ちなみに母は、いまだに看護師を辞めていない。毎日忙しく働いているので、まだ実家にいる大学生の弟が家事を手伝っている。


わたしの部屋は、かなり広めだがワンルームだ。

一人暮らしを始めた時に、義父と母に「荷物は実家に置いておけばいいじゃない」と言われて、ワンルームに必要なものだけを持って引っ越したのだ。

両親にしてみたら、わたしがこのまま家を出て実家に寄りつかなくなるのではないか、という心配があったようだ。部屋をそのままにして「いつでも泊まりにおいで」とわたしを実家へと誘導していた。

ところが、実際に少ない持ち物で暮らしてみると、これが快適だったのだ。エアコン完備のマンションに、冷蔵庫と洗濯機とテレビを買って設置し、シンプルなベッドも置いた。そして、ダイニングテーブル兼パソコン作業用のデスクと座り心地の良い椅子を置いたら、あとは特に必要なものはない。

フローリングの床に余計なものが置いてないので、掃除も簡易モップでさっと拭けば綺麗になる。広めと言っても所詮はワンルーム、千里さんちと違って狭いので、お掃除ロボットは必要ない。

食事の支度も、自分ひとりの分なら簡単だ。

ごはんは一食分をラップに包んで、冷蔵室と冷凍室にしまっておく。

切り干し大根の煮物やきんぴらなどの簡単な常備菜も、一週間分を半分にして冷凍冷蔵しておく。

味噌汁は手抜きで、お椀に顆粒出汁と味噌と乾燥わかめや刻んで冷凍してあるネギ、同じように冷凍庫に入れてある油揚げ、冷凍ほうれん草とか刻んだ豆腐を凍らせたなんちゃって高野豆腐などの具を好きなだけ入れて、熱湯を注げば一回分だ。顆粒《かりゅう》の鶏がらスープを使ってごま油を垂らせば、ワカメスープも簡単に出来上がる。

洋風のポタージュスープが食べたければ、インスタントでもそこそこ美味しいものが飲めるからそれを買ってある。

卵と納豆があれば朝食は済むし、スーパーで肉か魚を買ってきてさっと焼けば夕飯もあっという間に用意できる。デパ地下のちょっと高級なお惣菜を買ってきて食べるのも、ひそかな楽しみである。

というわけで、一人暮らしを満喫しているわたしは実家から足が遠のき、たまに「そろそろお義父さんが『俺は奈々子から嫌われてるのかな?』って妄想し始める頃かな」と、お土産のケーキの箱をぶら下げて顔を出しに行く。

我ながら、よくできた娘だと思うよ。

土曜日は遊んでしまったので、日曜日はいつものように一週間分のおかずを作って保存容器に詰めた。

看護師の母が忙しく働いていたから、わたしも弟の蒼太《そうた》も料理は慣れている。わたしは凝ったものは作らないけど、カレーライスや肉じゃがに始まり、麻婆豆腐や豚肉の生姜焼き、圧力鍋を使ってのサンマの丸煮や豚の角煮なんてものは何も見ないで作れる。

もちろん、弟もだ。一番量を食べるのが蒼太なのだから、当然である。

母が男女の区別なく鍛《きた》えてくれた。

今どきは、料理ができる男子は人気があるから、包丁で手を切ったり、うっかり熱いフライパンに触って火傷したりしてベソをかいていた蒼太も、母と姉に感謝しているに違いない。

ちなみに、あの子の得意料理はチャーハンと焼きそばだ。特に焼きそばは、キャベツがたくさん入っていて、しかもわたし好みにこんがりと焦げ目をつけてくれるので、とても美味しい。

「蒼太の焼きそばは日本一美味しいねえ」と言って喜んで頬張るので、「リスかよ、ほっぺた伸びるぞ姉ちゃん」と言いながら、実家に帰るたびに作って食べさせてくれる。

そうそう、この前会った時に「姉ちゃん、気がついたんだけど、俺ってその辺の女子より料理が得意みたいなんだよね……このことは秘密にしておいた方がモテるかな？」と真剣な顔で相談してきたけれど、「いや、付き合ったら料理を教えてもらえるって思うから、普通にしてていいんじゃない？」って答えておいたよ。

というか、あの焼きそばを食べさせて「君のために一生焼きそばを作りたい」なんて言ったら、どんな女子もイチコロだと思う。


そういえば、千里さんだが。

日曜日に「昨日はありがとう！　とても楽しかったよ」「また遊ぼうね」というＬＩＭＯが来たので「わたしも楽しかったです」というメッセージにスタンプをつけて送って、そのままだ。

お互いに社会人で平日は忙しいし、特に千里さんは明日から新しい会社に出勤するらしいから、しばらくは遊ぶどころではないだろう。あの美貌だもの、きっと会社でもモテモテになって、友達もたくさんできるだろうから、わたしにかまう暇もなくなりそうだ。

お金持ちで親切な王子さまだけど、もう縁はないかもしれないな。

そのうちバーテンの和樹さんのお店に顔を出してみようかな。

覚えてたら、だけど。

三　変化する日常

そして、月曜日になった。

わたしはいつものように駅まで歩き、電車に十五分ほど乗って通勤する。雨の日はバスに乗ったりするけど、それでも片道一時間もかからないので楽だ。こんな立地の良い場所にマンションを借りてくれた義父に感謝である。老後はしっかりとみてあげようと思う。

いや、五十歳になっても筋トレを欠かさずしている筋肉イケオジの義父は、下手すると死ぬまでわたしよりも元気かもしれない……。

『歩けば身体の不調はほとんど解消する』という義父の言葉に従って、今朝もとことこ歩いて会社に着いた。もちろん、履いているのは足に優しい通勤用のスニーカーだ。レザーのコンビデザインで、綺麗めファッションからオフィスカジュアルまで、いろんな服装に合わせやすいデザインである。身長を誤魔化すためにはハイヒールの靴を履きたいところだけど、やはり歩きやすさに負けてしまう。

ちなみに、この靴は義父が靴のメーカーとコラボして作ったもので、黒と、グレーと、ホワイトにベージュのコンビのものと、三足持っている。

今靴屋さんに行くと、めっちゃ笑顔でスニーカーを持つ義父のポップが『美脚と健康は両立する！』と迎えてくれるので、よかったら履いてみてください。

「御子柴先輩、おはようございます」

「あ、鏑木さん。おはよう……なに？」

後輩がわたしのことを上から下までじろじろ見てくるので、わたしは一歩下がって尋ねた。

「ファッションコーディネートがおかしいかな」

「いえ、そうではなくて」

鏑木さんは、ほっとしたように言った。

「無事だったみたいですね」

「え？」

「あの、胡散《うさん》臭いお兄さんの毒牙にかからなかった様子なので、ほっとしました」

「うさんくさ……」

「先輩のご兄弟は、お兄さんではなく弟さんですよね」

「あ」

なんだ、千里さんが兄ではないことがバレてたのか。

「あまり深く突っ込まれたくなさそうでしたし、真っ昼間でしたから、あえて詮索はしませんでした」

「大人な対応をありがとうございます」

「先輩は脇が甘いので、本命の男性以外には充分注意した方がいいですよ」

「え」

「本命も、あまり懐っこくして舐められると、美味しいところだけをいただかれて泣きを見る羽目になるので、気をつけてください」

「え」

「駆け引きとか、苦手そうですもんね、仕事の時もそうですけど」

「え」

「なにか困ったことがあったら、泣く前に遠慮なく相談してくださいね。お兄さんでも、他の男性でも、それなりに潰すお手伝いをいたしますから。それでは失礼します」

え、待って。

あなたは後輩だよね。

……わたし、そんなに脇が甘いの？

あと、潰すってなに、怖いんですけど！


「おはようございます」

わたしは挨拶《あいさつ》をしながら経理部の部屋に入った。経理の部屋といってもオープンな作りになっていて、広い空間がなんとなく部署ごとに区切られている感じだ。すぐ隣が総務部なので、鏑木さんの姿が見える。仕事上、総務と経理は絡みが多い。そのため、一応部署が分かれてはいるが、メンバーは皆顔なじみだ。

わたしは入社後の研修を終えてから総務に配置されて、しばらくそこにいた。大学に在学中に簿記三級の資格を取っていたし、パソコンもそこそこ扱えるというので、鏑木さんへの教育がひと段落したところで部長に「御子柴は少し、お金の勉強をしてみようか？」とお隣の経理に引っ張られた。そこで電子帳簿に触りつつ、勉強をして簿記二級も取れたので、今度は税金についての勉強を始めようかと計画しているところである。

ちなみに、同じ部屋には営業部も入っていて、経理部長に「お兄さーん、しっかりお金を持ってきてねー」「無駄遣いはしちゃ駄目だけど、必要なところにはお金を突っ込んでいいんだぞ。仕事を取って来れたら元は取れるんだから遠慮するなよ」とハッパをかけられ、営業部員が笑っていたりする。

わたしは自分の席に着くと、パソコンにパスコードを打ち込んだ。

経理の仕事のほとんどがパソコンでの作業なので、書類はたいしてない。自分の席の他に観葉植物に囲まれた『気分転換席』というのもあって、作業に煮詰まった時にはそちらに移って仕事をするのもアリだ。

経理というと、帳簿や領収書という紙のイメージだが、我が社の帳簿は電子化されているし、領収書も営業さんがそれぞれスマホで撮影してデータを集計ソフトに送っているから、集めに回ることもなくて楽である。手作業が減ったので、経理に関わる人数は昔よりもかなり減ってきたと部長が言っていた。

まずはパソコンに送られた社内連絡をチェックする。

今日から『新事業企画部』という新しい部門が設置されたらしい。生産管理部や経営企画部と同じく、上のフロアに部署がある。

さっと目を通すと、新しくやり手だという噂の部長が来たらしい。名前は……。

「高塚《たかつか》千里部長……千里さんと同じ名前だ」

優しくて面白くて親切でイケメンなお兄さんを思い出して、わたしの胸がちょっとだけトクンとした。

え、待って。

なにこの、変な気持ち。

『千里』なんて名前、他にも結構いるんだから、いちいち反応してられないよね。

わたしは、自分には到底釣り合わない、ハイスペックな男性の面影を頭から追い出そうとぶんぶん頭を振った。

「御子柴さん、おはよう。変わった気合いの入れ方をするんだな」

コーヒーカップを片手に持った部長に声をかけられたので、わたしは立ち上がって「おはようございます」と挨拶をした。

「簿記検定の二級合格おめでとう。で、次は一級にいくの？」

「そうですね……今のところは二級の知識で業務に支障がなさそうですし、これから年末なので、先に税金関係を覚えておこうかと思ってます」

サラリーマンには年末調整というものがあるのだ。そのため、経理の人間は帳簿などの財務会計に加えて管理会計、企業法などの法律関係、税金や監査についての知識なども必要になるらしい。

この部署に配属された時に部長からもらった『御子柴奈々子さんの目標』という素敵なミニ冊子にそう書いてあった。イラストまでついているこのお茶目な冊子は、部長が愛を込めて手作りしたものだという。

「これを全部こなしたら、経営分析もできるようになるからね。それに、海外との取引の時や、将来経営コンサルタントとして独立する時にも役立つ知識が身につくよ」と笑顔で言った部長は、わたしに何を目指させようとしているのだろうか。

毎朝自分で淹れているブラックコーヒーを飲みながら、部長がにこやかに言った。

「うん、いいと思うよ。がんばってね。本格的に忙しくなる前に、研修にも行っておいで。独学だけよりも頭に入るよ」

「はい」

「御子柴さんには期待しているからね。わからないことがあったら、なんでも相談して」

そう言って、フレンドリーな部長（ただし、お金のエキスパート）は空いてる方の手でわたしの頭を撫でようとして「おっと危ない、ここにコンプライアンスのバリアが！」と小さく言いながら引っ込めた。

……ここでも子犬扱いされている気がするよ。

「ありがとうございます」

経理部のメンバーが揃ったら、集まって連絡事項の伝達がされる。

さて、今週の始まりだ！


午前中の仕事が何事もなく終わり、わたしたちは食事を取るための、観葉植物多めの気持ちの良いスペースに行った。鏑木さんに「森かよ」と軽く突っ込まれたスペースだ。

会社の周りには、ランチできるお店や、サンドイッチやおにぎりなどを安くテイクアウトができる専門店もあるし、コンビニも多いため、社員食堂はない。

ただし、なぜか食事スペースにはサラダやおひたしなどの野菜メインの自動販売機が置いてある。透明な窓のついた保冷ケースに料理が並んでいて、百円玉かスマホの決済で買えるのだ。これは社員が野菜不足にならないために近所のお惣菜の店と契約して設置したらしいが、人気があっていつも売り切れる。そして、お昼が終わると補充に来てくれて、今度は保冷ケースに小さなスイーツが入っている。お惣菜屋さんのスイーツだが、お母さんのおやつ風の素朴な感じのもので美味しい。

この便利な自動販売機には、わたしも週に数回お世話になっている。しっかりとお出汁が効いている煮物（冷たいけど電子レンジがあるから大丈夫）がお気に入りだ。

ちなみに、プリンと剝《む》いた果物のセットが一番好きです。

まだ月曜日でおかずが冷蔵庫に豊富なので、今日はお弁当を持ってきた。適当に座って、食べながらなんとなく会話する。隣に外でお昼を買ってきた鏑木さんが来たので「お疲れさま」と声をかけた。近くで営業部員の女子が話しているのが耳に入る。

「新しい部門の新しい部長、見ました？」

「まだ見てないよ」

「なんか、カリスマオーラが出てるらしいですね」

カリスマオーラ？

なにそれすごい。

ついつい会話に耳をすませてしまう。

「かなり成長した自分の会社を売って、今度は何か別のことを始めようかっていうところを、うちの社長が引っ張ってきたんだって聞いたけど」

「うん。しかも二社同時に経営してたんでしょ？」

「まだ若い人なのにすごいね。一社でも大変なのにね」

「そう。しかもアメリカでだって」

「うわー。でも、なんか納得。むしろ日本よりもチャンスがありそうですよね」

ふむふむ。それはカリスマオーラのひとつも出てくるよ。

わたしは午前中はパソコンとにらめっこしていたので、仕事はほとんど片付いた。だから、午後は上の階に偵察に行ってもきっと叱られない。たくさんお金を稼いでくれるように、新事業企画部の人にちょっとおねだりしてくるのも経理のお仕事だと思うしね。

「ふふふ」

「先輩が怖い」

「え、なんで？　そうだ、鏑木さんもあとで一緒に……」

「行きませんよ」

なんでわかるの？

エスパーかな。

鏑木さんの方が怖いと思うの。


それから仕事が忙しくなってしまい、結局、上のフロアへ偵察に行くことはできないまま日が過ぎた。

お昼休みに噂《うわさ》の人物に会えるかなと思ったけれど、新しい部長はわたしたちのお昼ごはんスペースには来ないで、外でランチをしているらしい。

ほとんどの男性社員は外の定食屋さんに食べに行ってしまうのだ。安くてボリュームがあるので、量を食べる人にはそちらの方がリーズナブルである。新部長は一度このフロアをさっと見学したようなのだが、ちょうどその時はわたしが席を外していた。

そして、カリスマオーラを拝む機会もなく週の半ばとなった。今日は木曜日。あと二回寝たらお休みである。

彼氏のいないわたしにはデートの予定はないけれど、ウォーキングと称して気分転換に老舗デパートをうろうろするのも楽しいし、映画もひとりで観に行っちゃうし、休日をそれなりに楽しんでいるのだ。

「新事業って、なにをやるんですか？」

わたしが隣の席の先輩に尋ねると「うちで扱っているパーツを生かして、商品を開発するみたい」という返事がきた。

「パーツを生かしてっていうと、ネジとかボルトを生かして……前衛的な美術品を作るとか？」

「そんなものを誰が買うのよ」

「じゃあ、アクセサリー」

「御子柴さんの首輪とかね」

「なんで首輪なんですか！　ネックレスと言ってくださいよ」

「ボルトとチェーンのネックレスか……肩がこりそうだね」

「芸術が理解されなくて悲しいです」

我が社は建設関係の資材を扱っているのだけれど、それでなにを始めようというのだろうか。わたしは首をひねりながらパソコンに向き直った。

「ちょっと倉庫に行ってきます」

わたしは珍しく扱った紙の書類を持って、倉庫に保管するために上のフロアへ向かった。ペーパーレスとは言っても、書類がまったくのゼロにはならないのだ。

ファイリングした書類を棚にしまうと、わたしは廊下に出た。数名の社員が部屋から出てきた。軽く会釈をしてそのまま進もうとすると、先輩社員が「あ、待って」とわたしを呼びとめた。

「部長、この子は経理部の秘蔵っ子社員ですよ。経理部長が謎の教育プログラムで実験……育成してます」

「今、実験って言いましたね」

「育成って言ったけど？」

わたしは視線を逸らす先輩社員を上目遣いで見た。

異動の時からなんかやたらと部長に絡まれていたのは、マメな性格の上司という理由だけじゃないの？

もしかするとわたしは実験体だったの？

「それよりほら、御子柴さん、こちらは新事業企画部の高塚千里部長ですよ」

「御子柴奈々子と申します。よろしくお願いします。好きなものはお金です」

「あー、御子柴がすっかり部長に洗脳されてる」

先輩社員が悲しげに首を振って呟いた。

わたしは、新しく来た背の高い茶髪の男性を見上げた。

髪をびしっと撫でつけるようにセットして、ハーフリムのメガネをかけた真面目そうな男性だ。目つきが鋭い。あそこからカリスマビームを出すのだろう。お高そうなスーツがよく似合っていて、そのままブランドのモデルになれそうな雰囲気だ。

「高塚部長、新事業で我が社にやってくるお金を心待ちにしています。大変期待をしておりますので、ぜひともがんばってくださいね。経理部も全力で頑張りますので」

「うわあぁー、口調が経理部長にそっくりじゃん」

「秘蔵っ子ですから」

「純粋で無邪気そうな子犬の瞳で、お金を欲しがるのはやめて」

「経理部ですから」

先輩社員が「うへえ、経理部からのプレッシャーきたー」と変な顔をした。

「高塚部長、御子柴は食いついたら離れませんので充分に注意してください。経理の猛犬ですから」

「可愛い子犬ちゃんです」

「げっ、白分で可愛いって言っちゃってるよ、この子は」

「……」

ふたりでボケツッコミ漫才をしている横では、新しい部長が固まっていた。

こんな社風ですみません。

カリスマオーラはどこから出ているのかなとじっと部長の顔を見ると、彼は「……みこ……しば、ななこ？　なぜ？」と驚いた表情を……。

「え」

マジ？

これ、マジ？　仮装？　仮装大賞？

「なんでここに」

唖然《あぜん》として言われたけどわたしも驚いたよ！

「それはこっちの」

「ザキさーん、急ぎの電話来てます」

「おお、ありがとう」

先輩社員が呼ばれて去って行ったので、わたしは背の高い部長に言った。

「ちょっとこっちに来てください」

「あ、ああ」

「倉庫なら数分は話せます」

わたしは高塚部長の袖をぐいっとひっぱると、廊下を歩いて倉庫に連れて行き、中に彼を押し込んだ。

「で、こんな所でなにやってるんですか？　なんでうちの会社にいるんですか？　あと、その格好はなんですか？」

「おかしいかな？」

「すごくカッコいいです！」

わたしは『エリートカリスマオーラ部長』に仮装中の千里お兄さんに力強く断言した。

千里さんは「それならよかったよ。なんでいるのかって、ここが俺の新しい会社だもん」と言ってメガネを外し、微笑んだ。

うわ、新たなイケメンオーラが加わって目が痛い。

「奈々子こそ、ここで何やってるの。いつから会社の猛犬になったの？　うちの子犬になる話はどうなってるの？」

待って、そんな話は聞いてない。

「わたしは大学を出てからずっとここで働いてますが。それより、その別人のような格好はどうしたんですか」

カッコいいけどね！

「日本の会社は短パンやジーンズで来たら駄目って言われたから、それらしいのにしたんだけど」

「あー、なるほど。ビジネスファッションを目指したんですね……」

「デパートの店員さんに勧められた」

でも、それらしすぎだと思うよ。

カッコいいけど！　店員さん、ナイスセンス！

「新事業企画部長としてびしっと締めていかなくちゃと思って、俺はがんばってるの」

「それは偉いですね……じゃなくって」

セットしてある頭を『撫でて』とばかりに差し出した千里さんに、わたしはさらに言いつのろうとしたけれど、彼はさっきの『敏腕カリスマ部長』の顔とはまったく違う、見慣れた笑顔になって「奈々子にたくさんお金を持ってくるからね」と笑ったので、うっかり撫でてしまったよ。

正直言って、わたしはかなり気持ちがハイになっていた。

このイケメン王子さまとの縁はさほど強いものとは思わなかったので、わたしはこのまま音信不通になってしまっても仕方がないと自分に言い聞かせていた。

それが、まさかの再会だ。ふたりが同じ会社にいるということは、毎日顔を合わせようと思えば合わせられるし、ＬＩＭＯのメッセージ交換だけではなく直接会話なんかもできてしまうわけで……。

わたしは妄想の世界から自分の意識を引き戻した。

駄目駄目！

現実見ていこ！

御子柴奈々子よ、変に期待をしてはいけないぞ。

わたしは平凡なＯＬに過ぎないのだから、美形でハイスペックな王子さまとの運命の出逢いなんてものはやってこないのだ。偶然一緒の会社になったからといって、畏れ多くもこのイケメンさまとの距離が接近するとか、そんな乙女な期待を胸に抱いてはいけない。

絶対にあとで傷つくことになるのだから……。

「すごいね、奈々子。俺たちには、運命的ななにかがあるんじゃないかな？」

満面の笑みを浮かべた千里さんが、言っては駄目なことを思いきり言ったよ。

「乙女か！」

思わず突っ込んでしまう。

あなたがそんなことを言っちゃいますか！

「え、奈々子が俺に冷たい。やっぱりこのファッションはイケてないんだ。なんと言われようとデニム着てくればよかったかな……」

「ダメージデニム着て出社するのは、日本ではマナー違反ですから。あれ、このメガネは度が入ってないんですね。変装用に買ったんですか？」

彼の持つ銀縁ハーフリムのメガネのレンズは、普通のガラスに見える。

「変装なんてしてません。本当に、奈々子は俺のことをなんだと思ってるの？」

イケメンのお金持ちさま（ただし、大型犬の子犬マインド）かな。

千里さんはわたしをじとっとした視線で見て「せっかく運命の再会をしたのに、豆柴奈々子なんでそんなに冷たいの？　監禁して小一時間ばかり問い詰めたいんだけど」と呟いた。

うん、それは犯罪だね！

「ちなみに、これはブルーライトをカットするメガネだよ。奈々子も使ってるでしょ」

「使ってませんけど」

「ええっ」

千里さんは、ちょっと色素が薄くて琥珀《こはく》みたいに光る瞳で、びっくりしたようにわたしを見た。

「嘘だろ？　経理ってパソコン仕事じゃないの？」

「ほぼパソコン仕事です」

「じゃあ使ったほうがいいよ。ブルーライトが直撃したら大変だよ」

「え……そんなにヤバいんですか？」

ブルーライトの害についてはよく聞くけれど、そんなに危険なものなのだろうか？

「ブルーライトは目を疲れさせるから、眼精疲労から脳の疲労を起こすよ。あと、昼間はいいけれど、夜に浴びると体内時計が狂って身体のバランスを崩しやすくなるし……睡眠に障害が出ると、成長ホルモンが出なくなるかもね」

「成長ホルモン？」

「代謝が落ちるから、肌が荒れて、髪の艶がなくなってくるよ」

「ええっ！」

それは怖いよ、怖すぎるよ！

二十五歳になるとアラサーだから、若い頃みたいにお肌がピチピチってわけじゃなくなるんだよね。

「それに、奈々子はまだ二十代だから、十代の頃ほどではないけれど、まだ身長が伸びる可能性があるのに」

「待って、それはつまり」

「もしかすると、あと1センチとかいけるかもね。成長ホルモンがたくさん出てたら」

「1センチ！」

そうしたら、わたしは身長が152センチになるではないか！

151センチだと言うと『本当は149センチなんじゃないの』みたいな目で見られるけれど、152センチになるとそれははっきりとした150センチ代の人だと思うんだよね！

あと1センチ欲しい！

成長ホルモン欲しい！

5ミリでもいいから欲しい！
151．5センチは四捨五入したら152センチになるもん。
「わかりました、早急にブルーライトをカットするメガネを入手したいと思います」

「うん。俺ね、金曜日の夜は歓迎会に招待されているけど、土曜日は時間あるよ」

「それじゃあ、今日の夜に買ってきますね」

「豆柴ちゃん、俺の話を聞いてないでしょ？」

「御子柴です。だって、一日も早く買わないと……」

わたしの成長ホルモンが！

「あのね、適当に買ったら駄目なんだよ。俺がきちんとした効果の高いメガネを選んであげるから、土曜日に一緒に買いに行こうね。なにか他に予定があるの？」

「ありませんけど」

「では決定ということで」

千里さんはメガネをかけるとわたしの左手を取った。

「指切りげんまん、嘘ついたら針千本……よりももっとすごいやつを奈々子に飲ーます！」

「勝手に指切りを……」

お子さまなの？

「指切った！」

切られたー。

「もう。針千本よりももっとすごいやつって、なんなんですか」

すると、メガネをかけ直して敏腕部長風に戻った千里さんは、目を細めてわたしの耳元に口を寄せて囁いた。

「さあね。ちょっと口には出せないな」

「顔が近いです」

そして、あまり近くで見ると目を焼かれそうなほどの美貌の主は、にやりと笑いながら親指の腹でわたしの下唇をゆっくりとなぞった。

「この口に流し込むよ……すごいやつをね」

「だから、顔が近いです。なんですか、すごいやつとか怪しげなそれは」

「なんだと思う？　ヒントはね、オトナじゃないとダメなやつ」

千里さんの唇が耳をかすめたので、わたしは「ひっ」と悲鳴をあげた。

なんなの、このSっ気マシマシのお色気王子は！

メガネをすると性格が変わるっていうアレですか？

「奈々子はオトナだから、もうわかってるんだろう？　この可愛い口で無理矢理に飲まされるモノ」

「わかりませんってば！」

わたしは顔が熱くてたまらない。

あと、監禁とか無理矢理とか変態寄りなワードを出すのはやめて欲しい。

わたしの性癖はノーマルなんです。

「本当はわかってるよね。そう、今奈々子が考えている、それが正解だよ」

くいっと唇を押しながら、千里さんが甘くて低い声で「奈々子のえっち」と囁いた。

うわあああ！

本当にちょっとえっちなやつを考えてたんだけど！

でもそんなものを飲ませるとか待って違うからそんなんじゃないから！

耳元で、お色気王子が笑った。

息を吹きかけられて、ゾクゾクしてきた。

なんかヤバい。

ドS王子の攻撃、マジヤバい。

「約束……破らないでね。じゃないと、俺、容赦《ようしゃ》できなくなるかもしれない」

わたしが固まって動かないでいると、千里さんが「ぷはっ」と吹き出した。耳の穴に暴風が吹き込んだので、わたしは「ひゃあっ」と言って耳をこすった。

「なにするんですか！」

「ごめんごめん、奈々子が冷たくするから、ちょっと意地悪したくなっちゃって」

千里さんが爆笑している。

酷い。

鼓膜が破れるかと思ったよ！

「仕事に戻ろう。土曜日の予定はあとでＬＩＭＯで決めようね」

「……はい」

わたしは片手を上げて倉庫を出て行く千里さんの背中に返事をした。

ドS王子に押し切られてしまったよ。

わたしは少し浮き立つ心を抑えるために、わざとため息をついて自分の部署に戻ったのであった。

四　子犬（大型犬）の散歩

「なにを着て行こうかな。イケメン王子と銀座で買い物か……」

言葉にすると、乙女心にキュンキュンくるような単語なのだが、なにしろお相手はあの千里さんなのでそう簡単にはいかない。

お金持ちでイケメンで妙に懐っこくて長身でかなり人が良くて、あまりにも顔が良すぎる千里さん。

だがその実態ははしゃぐ子犬。

そんな彼と銀座でお散歩。

いろんな意味で、カオス。

荷の重さに、普通のＯＬであるわたしは潰されそうだ。

千里さんがお勧めするブルーライトカットメガネは、銀座のお店で売っているという。

正直言って、お値段が心配である。あのお金持ちさまは、平凡な市民から見ると、経済的価値観がいろいろ壊れていらっしゃるように見える。

会社を二つ売るってなんですか、そんなものをどうやって売るんですか。

少なくともわたしは、売られている会社を見たことがない。

今度会社を売っているお店の場所を聞いてみようと思う。買わないけど。

そんな千里さんの選ぶメガネは間違いなく最高に効果があって、見た目もカッコよくて、そしてそして、すごくお高いメガネだと思う。わたしに買えるのだろうか？

「……よし、最悪の場合は、千里さんに借金して分割払いにしてもらおう」

問題を棚上げしたところで着替えだ。

大型犬の魂を持った人とお出かけするとなると、間違いなく歩くと思う。

移動の手段は車が基本（電車で銀座に行こうとしたら、うちの前まで車で迎えに来てくれると言って譲らなかった。なんなの、もしかして電車に乗ると迷子になるの？）だけど、車から降りた千里さんは、見えない尻尾を振りながらとっとこ歩くだろう。狭い展望台ですら、何周も歩き回ったのだ。

そんな彼について行けるような、動きやすい格好にするのがマストである。お洒落なワンピースでは犬の散歩はできない。

ということで、ボトムスは柔らかな生地のゆったりしたブラックのパンツに、義父がコラボした、こちらもブラックのスニーカーにする。

上は白のカットソーに茶色のフェイクレザーブルゾンを羽織った。

これなら歩ける。

だけど……ちょっと柴犬カラーだったかな？

下に降りて待っていると、時間通りに千里さんが迎えに来てくれた。黒塗りのハイヤーで。

あはは、知ってる。これはコンシェルジュに手配してもらったやつだよね。さすがは千里さんクオリティである。

そのうち「これ、うちの運転手」とか紹介されても驚かないようにしよう。

「おはよう、豆柴ちゃん」

「おはようございます、御子柴です」

白手袋をした運転手さんにドアを開けてもらったところで、できる会社員としてにこやかに朝の挨拶をする。

今日の千里さんは、ダメージを受けてないブラックのデニムにカジュアルなブラウンの靴を合わせている。カットソーも黒で、ジャケットはブラウンだ。

そして、丸いレンズのサングラスをかけている。顔が良くないとコメディ寄りになるアレである。

そんな千里さんは、控えめに言って、今日も朝から超カッコいい。

「豆柴ちゃんとデートだから、豆柴色に染まってみたよ」

にこにこしながら、自分の上着を指差す子犬さんです。で、豆柴色ってなに。

「俺たち、ペアルックっぽくない？」

……柴犬カラーは、誰でも似合う素敵なコーディネートだから、かぶっても仕方がないんだ、うん。

オフの千里さんは、髪を自然にふわっとさせてサングラスをするのが定番のようだ。これはたぶん、顔を隠すためにやっているんじゃないかなと思う。ここまで顔が綺麗だと目立って仕方がないだろう。隠しても整った顔立ちなのはわかるけど、隠さないよりはマシだと思う。

もしかすると、電車での移動を避けたがるのは、乗っている間に注目を浴び続けるのが嫌なのかな？

イケメンさまにはわたしの知らない苦労があるのかもしれない。

ハイヤーから降りると、さっそく銀座のお散歩だ。

もちろん、手は恋人つなぎである。

これは『ロマンチックないちゃいちゃ気分』が目的ではなく、暴走する大型犬をしっかりと捕まえておくための措置なのである。犬を放し飼いにしてはいけないのだ。

「さあ行きましょうか」

「奈々子の握力が強い。もうちょっとソフトに、こう、いい感じにつなごうよ……あっ、あの店に行こうよ！」

おい。

さっそく暴走ですか。

「走らなくて大丈夫、お店は逃げませんー」

ダッシュしそうな千里さんの手をくいっと引っ張り、素早く制する。待てのできる犬に調教するのがわたしの使命……そんな気がしてきたよ。

わたしが振りほどかれまいとぎりぎりつないだ手は、前を歩く親子連れの手のつなぎ方と一緒である。きっとあの坊やも暴走しがちな男子の魂を持っているのだろう。

とはいえ、わたしも興味があるお店の近くに来ると、千里さんの手をぐいぐいと引っ張って促した。

「ちょっとあれを見たいです」

「あははは、奈々子は元気で可愛いなあ」

全力で引っ張られて小走りになりながら笑う千里さんの、『可愛い』の基準がまったくわかりません。

「慌てなくてもお店は逃げないよ」

いやそれ、千里さんに言われたくないね！


お目当ての店は、デパートの中にあった。たくさんのブランドメガネを並べているその店で、千里さんは「ブルーライトカットメガネが見たいんだけど。ほら、最先端技術のやつ」と店員さんに声をかけた。

「この前ここで買ったんだけど、良かったからこの子にも買いたいんだよね」

「高塚さま、ありがとうございます」

おや、千里さんは名前を覚えられているね。

「それでは、奥のソファにどうぞ。女性向けのものをご用意いたします」

わたしたちが座り心地の良いソファに座っていると、落ち着きのある男性店員さんがすぐにメガネを持ってきてくれた。さすがはデパート、品格のある接客である。

「こちらが先日、高塚さまがご購入された、レンズが反射しにくい自然なタイプのメガネになります」

「反射しにくい？」

わたしは尋ねた。

「はい」

男性の店員さんは、ブルーライトカットメガネについて簡単に説明してくれた。

「ブルーライトとは、波長の短い光のことです。それを通さないのがブルーライトカットレンズなのですが、これを反射させて目に入らないようにする仕組みなので、レンズが青く見えてしまいます。こちらのメガネが従来のレンズを使っているものです」

「なんか、青い虹みたいな感じに見えますね」

店員さんが持つメガネは、玉虫色っぽい不思議な色をしている。

「こちらの新製品は、レンズに特殊な加工を施して、この反射を軽減しているためほとんど透明に見えるのです」

千里さんのメガネに似たハーフリムのものは、確かに素通しのガラスに近いくらいに透明だ。

「こちらはフレームにチタンを使用しておりまして、ハーフリムのデザインですので大変軽く仕上がっております。使用感の良さで、お買い求めになるお客さまが増えている、人気の製品なのです」

店員さんに勧められてかけてみると、驚くほど軽い。つけているのを忘れるくらいだ。

「メガネをかけ慣れていない方でも、楽にお使いになれるのでお勧めです」

「これはいいメガネですね。千里さん、似合います？」

「うん、いい感じだと思うよ」

軽いし、つけ心地がいい。これならストレスにならないから、仕事も捗りそう。

気に入ったけれど、さて、お値段は……。

うん、なんとか払えそう。

「これにしようね」

そういうと、千里さんはカードを出して「一括で」と言った。

わあ、黒いカードですね。

じゃなくって。

「自分で払います」

わたしはそう言って財布を出したけれど、千里さんはにこっと笑うと「これは、がんばる部下に、俺からのプレゼント」と囁くように言った。

あ、これ、耳ヤバいやつだ。

「これから新事業を展開して会社にたくさんお金が入ると、奈々子にたくさん仕事をしてもらわないといけなくなるからね。その慰労の前払いだよ」

「で、でも、お高いんですけど？」

「奈々子の目の健康はプライスレス」

指でくいっとサングラスをずらして、千里さんは目からビームを出し……たかと思うくらいの威力で、わたしにウィンクした。


至近距離からのイケメン王子のビームが直撃して、ハートにダメージを受けてしまったわたしは、サングラスの入った紙袋をぶら下げた千里さんと一緒に店を出た。

「千里さん、やっぱり……」

高価なメガネを買ってもらうわけにはいかないので、わたしが手をつんつんと引きながら呼び止めると、彼はにこっと笑った。

顔がいい。

笑顔が眩《まぶ》しい。

わたしはぼうっと彼の顔を見つめた。

「なに？　おなか空いたの？」

少し首を傾げた千里さんが、じっとわたしの瞳を覗き込んで、頬をつついた。

「いえ、違うんですけど」

そうか、さっき千里さんに見惚れていたわたしは、おなかの空いた顔に見えたのか。見つめ合いながらの会話がこうなってしまうということは、わたしの女子力って、ものすごく低いのかもしれない……。

「ちょっとお茶してもいい時間だよね。あ、あっちにカフェがあるみたいだよ」

雑貨を売っているフロアの端に、大きめのカフェがある。ヨーロッパの可愛い家という雰囲気で、女性客から注目を集めているようだ。午後になるとお店の前に行列ができるのではないだろうか。

「外国風の、可愛らしいお店ですね」

「男がひとりだと入りにくいな。よし、豆柴とカフェデートだ」

「御子柴ですから。甘いものが好きなんですか？」

わたしは『デート』という単語をスルーして言った。

「俺は美味しいものならなんでも食べてみたいよ。定食屋さんも好きだけど、パティシエが作るお菓子も好き。和菓子も洋菓子も両方とも好きだし、食べ物の好き嫌いは特にないなあ」

最近流行りの、スイーツ男子なのかな。

スイーツ王子か。

「どんなものがあるかな？　ちょっと覗いてみようか」

獲物を見つけた大型犬にいそいそとひっぱられて、効果的な赤と白のギンガムチェックの布使いと、落ち着いたアイヴォリーの壁を基調にした、乙女心をくすぐる感じの店構えの喫茶店に連れてこられた。まん丸な観葉植物がインテリアの可愛らしさを引き立てている。

ここは、わたしも名前を知っている有名なスイーツカフェで、ビジュアル的にもお味的にも最高に素晴らしいものが揃っている……らしい。前にテレビで見たことがある。

まだ入ったことがないのは、お値段もかなりお高めであるためである。ケーキセットがランチ一回分よりも高いお店には、記念日でもない限り足を踏み入れる気が起きないけれど、この裕福な王子様に躊躇《ためら》いはなかった。

「ほら、この季節のスイーツの盛り合わせがいいんじゃないかな」

「うっわ、可愛いにも程がある……」

お店の前の看板では、限定品らしいケーキセットが紹介されていた。

白地に淡いグリーンで模様が描かれた可愛らしいデザインのプレートに三種類のケーキとブリュスケッタとフルーツがのっている。甘いケーキに自然な味わいのフルーツ、さらには塩味のブリュスケッタを合わせてくる辺りが憎い心遣いだ。

しかも、このブリュスケッタにはトマトのみならず、薄く切ったナチュラルチーズと生ハムものっている。これは間違いなく美味しいやつだと思う。

あ、あれ？

なんだか小腹が空いてきちゃったみたい。

「お茶もいいけど、これを摘みながらお酒を飲みたくなりそうな感じだね」

「千里さんは大人ですね。わたしはあんまり飲めないから、紅茶と一緒にいただきたいな」

「仕方がないよ、まだ豆柴だからね。豆柴ちゃんがちゃんと大人の柴犬になったら、もしかすると飲めるようになるかもしれないよ」

「豆柴は成犬なので、さらに育って柴犬にはなりませんし、そして、御子柴は大人の女性です」

「うん、じゃあ食べようか」

「聞いてないし！」

にやにやしながら「本当に大人の女性ですかねえ」とわたしの頭をくしゃっと撫でて、千里さんはさりげなく肩を抱きわたしをお店の中へと誘導した。

これは、大人扱いってことなのかな？

わたしは、肩を包む長い指をちらりと見た。

このお店は紅茶が美味しいと評判の喫茶店なので、千里さんはダージリンファーストフラッシュを、わたしはロシアンティーを頼んだ。もちろん、先程のスイーツプレートもふたつ注文した。

「で、千里さん。さっきのメガネの代金は自分で払います」

「いらないよ」

前のめりになったわたしの鼻の頭を、千里さんが人差し指で軽く弾いた。

「だって、俺が半強制的に買わせたようなものだし」

「いえいえ、ちゃんと自分が欲しいと思いましたから」

「じゃあ、さっきも言ったけど、職場でがんばってる豆柴奈々子くんへの上司からのプレゼントだ。このブルーライトカットメガネをして、経理の仕事をがんばってよ」

「でも……やっぱり、申し訳ないです。とても高価な物だし」

あ、御子柴ですって突っ込むのを忘れちゃった。

すると、千里さんは少し考えてから「奈々子は……とてもきちんとした女性だね」と呟いた。

「デパートのブランド品を強請《ねだ》ってこないし」

「は？」

「ダイヤモンドが欲しいとか言わないし」

「……そういうことって、ドラマの中の悪女しかやらないと思いますよ」

「ん……そうか」

千里さんは、優しくわたしを見た。

「高価だって言うけど、こうして奈々子と過ごす休日はそれこそプライスレスだから、メガネのひとつやスイーツなんかじゃ釣り合わないと思うよ」

「へっ？」

なんという殺し文句を投げてくるんですか、このイケメンさんは！

千里さんこそ、レディキラーだと思いますよ！

ああ、顔が熱い。

「そうだ、いいことを思いついた」

火照る頬を押さえているわたしに、サングラスを下にずらした千里さんが言った。

「実は、せっかく日本に戻ってきたことだし、俺も料理に挑戦しようかと思ってるんだよ」

彼が少し得意げにふふっと笑ったので、わたしは「おおー」と言いながら小さく拍手をした。

「と言っても、すごいやつじゃなくって、冷蔵庫に入れておける煮物とか、買ってきたトンカツでカツ丼を作るとか、簡単なのだけどね。上達したら、手作りのお弁当を会社に持って行って、奈々子の階にある食事コーナーで食べるのが目標。どうかな？」

わたしは、お高いスーツを着て髪をセットしたメガネ姿の千里さんが、茶色いおかずが詰まったお弁当箱を持ったところを想像した。

「すごくいいと思います。自炊することで健康を気遣うようになれるし、自立した大人の男性っていう感じがします」

高塚部長の手作り弁当は、会社の話題をさらうだろうな。

「でさ、俺のところのキッチンって、まったくなんにもないから、奈々子に素人にも使いやすいキッチン用品を見繕ってもらいたいな」

「わあ、それって楽しそう！　この間は最低限必要なものしか買ってないですものね」

「でもって、初心者向けのおかずの作り方を教えてくれない？」

「喜んで！」

「やった！」

千里さんが、いたずら坊主の顔でにかっと笑った。ここまで顔がいいと、どんな笑い方をしてもカッコいいので、ちょっと胸がキュンとした。

ヤバい。

この人は、わたしを犬仲間（？）としか思ってないんだから、変に気持ちを揺らしては駄目だ。

今は日本に戻ってきたばかりで、知り合いとの関わりがないからわたしをかまってくれているけれど、プライベートが忙しくなったらきっと疎遠になると思う。だから、間違っても期待しちゃいけないことはわかっている。

わかっているのだけれど。

この、優しくて、一緒にいると楽しいお兄さんの隣に、いつか綺麗で大人っぽくてスタイルの良い女性が寄り添うのだろうなと思うと、わたしの中に苦くて固くて重い塊ができていくのを止められなかった。

「あ、紅茶がすごい。ポットが可愛い服を着てるよ」

サングラスをかけ直した千里さんは、運ばれてきた紅茶のポットにキルトでできたティーコージーがかぶせられたのを見て言った。小さな花の刺繍《ししゅう》が入った厚みのあるティーコージーや、ティーカップなどは、お店のインテリアと喧嘩《けんか》をしない落ち着いたデザインだ。皆お揃いの小花模様が入っているので、統一感がある。

「センスがいいですね」

「うん、色合いを彩度低めにして、可愛さを強調しすぎないところがいいと思う。大人の女性も楽しめるお店だね……奈々子みたいな大人の女性も」

「それって絶対に揶揄《からか》ってますよね」

「揶揄うなんてとんでもないよ、猛犬に嚙まれたら大変だ」

「んもう！」

そんな風にじゃれあいながら、わたしたちは美味しいスイーツを堪能した。

ちなみに、本日のケーキはイチゴのショートケーキにフォークを入れるとガナッシュがとろりと溢れる熱々のチョコレートケーキ、無花果のタルトだった。

添えられているのは、シャインマスカットとりんごの赤ワイン煮と清見オレンジ。白いアイシングとチョコレートで目が描かれたマロングラッセもころんと乗っている。

どれもとっても美味しかったので、イチゴのコンポートと一緒にいただくロシアンティーも含めてわたしは満足し、さっきできた胸の塊も溶けて無くなってしまったようだ。

ちょっと現金かな？

でも、女の子にはスイーツが一番の薬だもんね！


ランチ並みのお値段のスイーツプレートを完食したら、わたしたちはかなり満腹になった。チーズと生ハムの乗った、とても美味しいブルスケッタがいい仕事をしてくれたので、デザート多めのランチを食べたように満足できたのだ。

そこで、わたしたちはそのまま買い物に向かった。

「うわあ、ここは宝島かな？」

わたしはデパートのキッチン用品売り場で絶句した。

「憧れのキッチンウェアが、ずらっと並んでるよ……」

カラフルな色使いの、長く使えるホーローのお鍋はこのまま食卓に出せそうなくらいに可愛い。

あ、オーブンで使えるお鍋だ。千里さんちには立派なオーブンがついているから、このお鍋にお肉と野菜を並べて岩塩とスパイス、オリーブオイルをかけ、焼いただけで即美味しいオーブン焼きができちゃう。

じゃがいもを丸ごと焼いて、ほくほくしたところにバターを乗せるのもいいね。

鋳物だから重いけど、男の人なら大丈夫だよね。

あれ、オーブン料理は初心者向けになるのかな？

ごはんは炊飯器で炊くとして……ホーローの両手鍋ならピラフも美味しく炊けるんだよね、ああ、これ欲しいなあ……。

煮物やきんぴらごぼうを作るなら、大きめの鍋とフライパンも必要だよね。

わたしがあれこれ見ながら悩んでいると、商品の説明が載ったパンフレットを手にした千里さんが聞いてきた。

「奈々子が気に入ったのはどれ？」

「欲しいんだけど、財政的な問題で購入を見送っているものがあるんです」

千里さんは、お鍋についている値段を見て「なるほど、結構するんだね」と頷いた。

「でも、使いやすいものがあったら、値段を気にしないで遠慮なく選んで。長く使うものだし、良い道具を使った方が効率が良くなるから、あとで後悔しないようにね」

「それは『予算の関係で泣く泣く諦める』を一切しなくてよいということでしょうか？」

「はい、その通りです」

「ひゃあ！」

わたしは小さく跳びあがってしまった。

それじゃあご予算は無視しちゃってもいいんだね？

男に二言はないいね？

「おたまとかフライ返しとか、そういうのも全然ないから、いいのを選んでね」

「はい！」

わたしは浮き立つ気持ちのままに、お宝キッチンツールの山を見て回った。

「豆柴ちゃん、凄い勢いであたりを掘り返してたね。さすがは猛犬だね」

いやいや、土を掘ってないし、猛犬でもないし。

「いろいろ選んでもらって助かったよ」

千里さんに褒められた。

なぜか頭を撫でられた。

わたしは大人の女性であって、豆柴の子犬ではないんですけどね……。

料理を始める最低限のものだけ買ったつもりだったけれど、ひと通り揃えたら結構な量になってしまったので（ホーロー鍋は重いのだ）荷物はマンションに配送してもらうことにした。しかも、普通の配送ではなく、追加で料金を払ってすぐにコンシェルジュの所に届くようになっている。

千里さんがマンションに戻ると、コンシェルジュが部屋まで運んでくれるという、至れり尽くせりなサービスだ。

「使う前に、全部洗剤で洗うんですよ……ん？」

千里さんが、つぶらな瞳でわたしを見つめている。

「もしかして、手伝って欲しいですか？」

「欲しいです！」

こくこくと頷いてから「デパ地下で、美味しそうなお弁当でも買って帰らない？　で、食材も買って行かない？」とおねだりを始めた。道具を見たら、さっそく料理をしたくなったのだろうか。なにもないなら調味料も揃えなければ作れないのだが。

「お醤油とかみりんとか、和食っぽいものを作れるような調味料も買っていきましょうか」

「やった！」

千里さんが嬉しそうな顔をした。見えない尻尾が左右に激しく振られているような気がする。

というわけで、今度は地下にある食品売り場に行って、調味料と食材、そして美味しそうな懐石弁当をゲットして、タクシーに乗って千里さんのマンションへ向かった。

「……結構かかっちゃいましたね」

「うん、おなかが空いたね」

キッチン用品を洗って拭いて収納を済ませて、千里さんと一緒にほうれん草のおひたしと目玉焼きを作り終えたら、もう夕方になっていた。

料理男子としてのデビューをした千里さんは元々器用だったので、初心者にしては手際良く料理ができた。

彼はテーブルを拭くと『俺の作ったおひたし』と『俺の焼いた目玉焼き』を嬉しそうに

テーブルに並べた。目玉焼きに七味がかかっているのが『俺流』だとかで、ちょっと得意そうな顔になっていて、なんだか可愛い。

「あっ、奈々子のお箸を買ってくればよかったね」

「割り箸でいいですよ。お弁当についてるし」

「うん。次までに俺のとお揃いのお箸を買っておくからね」

「えっ」

「また教えてくれるでしょ？」

「あ、はい」

教えるのはいいけどね。

お揃いのお箸って、それは夫婦箸っていうんだけどな。

「ティーバッグだけど、煎茶があるから淹れるね」

そして並ぶのは、ペアカップ。

ペアカップって……。

「お弁当はあったためるよね。俺は電子レンジの扱いは得意だよ」

テーブルに並ぶお弁当。

「そのうちごはんも炊くから、お揃いのお茶碗を買おうね」

だからそれは、夫婦茶碗だと思うよ。

「あっ、こんなところに大吟醸が！　奈々子も少し飲むよね。これ、冷やで飲むと美味しいんだよ」

日本酒とおちょこまで出てきた。

「豪華な夕飯になったね。さあ、食べよう」

わたしたちはいただきますをして、料理王子の作った夕飯を食べた。

お値段が四桁の懐石弁当はとても美味しかったし、鰹節とお醤油をかけたおひたしと醤油を垂らした目玉焼きも美味しくできあがっていたので、お喋りが尽きない楽しいひと時となった。


千里さんが隠し持っていた（?）大吟醸は、良いお水で作られた日本酒らしく喉を滑るように飲めてしまう、華やかな香りと味わいのとても美味しいお酒だった。けれど、また醜態を晒《さら》してしまうわけにもいかないので、わたしはほろ酔い加減でセーブした。

話が弾んで、気がつくと九時を回っていた。明日は明日でいろいろ用事があるので、これ以上は長居できない。わたしは残念に思ったが、千里さんに切り出した。

「今日はとても楽しかったですね。遅くまで失礼しました。そろそろ失礼しようかと……」

「ええっ、豆柴ちゃん帰っちゃうの?」

ハイペースで大吟醸を飲んでいた千里さんが「やだー」と言いながらテーブルに突っ伏した。

「帰っちゃやだ、うちの子になって」

伏せをした大型犬が、上目遣いでわたしを見ている。

「なりません」

「……そうだ、豆柴くん、これを一気にあけろ！　そして、酔い潰れるが良い！」

いきなりの上から目線である。

「あけませんし、潰れません」

わがまま王子か。

「明日は、わたしも自分のおかずを作らなくちゃならないし、お掃除もしたいので……」

「おかずは俺と作ろ！　ねっ、作ろ！」

「……」

「奈々子の部屋の掃除も手伝うからさ」

アルコールが回っているのか、千里さんの茶色くてちょっと欧米の人っぽい瞳が、キラキラと光を反射しながらわたしを見つめた。

「ね……今夜は、泊まっていって？」

ちょっとだけかすれた色気のある声で、言われた。

簡単に落ちる女だと思われたのだろうかと、わたしの心が少し冷えた。

「……それはできません」

千里さん、なんでそんなことを言うんですか？

楽しい一日が台無しですよ。

そんなわたしの心中に気づかない大型犬は、不思議そうな顔をした。

「どうして?」

「どうしてって……男性の一人暮らしの家に泊まるわけにはいかないでしょう。お付き合いをしているわけでもないのに」

「お付き合いを……」

千里さんはテーブルから起き上がると、とても綺麗な笑顔で言った。

「それじゃあ奈々子、付き合おう」

「……はあ?」

それじゃあ付き合おう、ですか?

ワンナイト要員をゲットしたら明日はお別れ、って事で?

わたしは目を細めて、低い声を出した。

「ふざけたことを言わないでください。わたしはそんな軽い女じゃありません」

「奈々子?」

「わたしは……」

悲しみが込み上げてきて、唇を噛む。

すると、動揺した千里さんが立ち上がって「え、待って、違うから」とわたしに手を伸ばした。わたしも立ち上がって後ろに下がり、彼の手を避けた。

「触らないでもらえますか？」

「違うよ、なんか勘違いを……」

「そういうことを軽々しく言われると、正直、腹が立ちます」

泣きそうになってしまい、語尾が震えた。美味しいお酒を楽しんで、気持ち良く酔っていたのに、すべて台無しだ。

……いや、違う。

千里さんは悪くない。

彼に対するわたしの恋心が、傷つけられて、過剰反応しているのだ。ふざけて『付き合おう』って言われて、大人のふりをして笑って流せない。わたしは彼に、本気の言葉を求めてしまっているのだ。本気の、男の責任が伴った言葉を。

ああ、なんてことだろう。

いつのまにかわたしは、千里さんのことを本気で好きになってしまっていたんだ。

でも、平凡なOLに過ぎないわたしでは、とてもこの人に釣り合わないってことも、よくわかっているから……。

「もう帰りますね。遊びの相手なら他をあたってください。高塚部長ならきっと、よりどりみどりの選び放題なんじゃないですか」

我ながら嫌味なことを言っているなと思いつつバッグを手に取ると、わたしはそのまま出て行こうとした。

下に降りてタクシーを呼ぼう。

そう思って玄関に向かって足早に進むと。

「待って、奈々子、ごめん！　行かないで！」

素速い動きで千里さんが先回りをして、両手を広げてわたしを制した。

「急に変なことを言ってごめん。俺、そういうつもりじゃないんだ、その……気の合う友人として、親しくしたいっていうか、変なことはしないから！　奈々子のことは、なんていうか、雑に扱いたくなくて、ええと、大切なんだよ」

しどろもどろの千里さんは、必死でわたしに訴えた。

「奈々子は真面目なちゃんとした人で、不倫を仕掛けてこようとした男を撃退する真っ当な女性だということはよくわかっているよ。俺も不真面目な気持ちで手を出すつもりはなくて、俺は奈々子から見たらおっさんだけど、おっさんなりにきちんと向かい合いたいというか、その、その……」

口籠もった千里さんは、片手で自分の頭をくしゃっとかき回して「不愉快な思いをさせてごめんなさい。俺、超カッコ悪いおっさんだ……」と情けない顔で頭を下げた。

「本当に、手を出さないって誓うから、泊まっていってくれないかな。どうしても嫌なら、奈々子のマンションまでタクシーで送るけど」

「……」

どうしよう。

　このまま帰ったら、気まずくなる気がする。

　彼にわたしに恋愛感情がなくても、できることならこの縁を切らずにおきたい。諦めが悪いのかもしれないけれど……わたしはやっぱり、彼のことが好きなのだから。

「わかりました。和樹さんとの友情に誓ってもらえるなら、お泊まりをさせていただきます」

「よかった！　めちゃくちゃ誓うから！」

　緊張していた千里さんが、身体からほっと力を抜いたのがわかる。

「じゃあ、片付けものをしてお風呂に入ろうね。一緒に寝ようとか言わないから、ゲストルームを使って」

「あたり前です！」

　ふんっ、と鼻息を荒くして夕食の片付けをして、もうこうなったら余計な意識はしないぞと思いながら、黄色いアヒルが湯船で待ち受けているお風呂に入った。

　わたしはアヒルを握りしめて、少し泣いた。


　お風呂上りには「このパジャマを買ったんだよ」と、千里さんがおずおずと差し出してきたシルクのパジャマを着た。

　彼のと色違いだった。

　だーかーらー、なんでペアにしてくるの！

閑話一　千里side

「あううううう和樹いいいいいー」

　和樹がバーテンダーを務める夜のバーで、入ってくるなりカウンターに突っ伏した千里がうめき声をあげた。

　この店は、和樹が所有する小さなビルの一階に入っている。小さいといっても建っている場所が銀座なので、資産的価値はとても高い。

　和樹の親は不動産業界にいる。父親から『金は増やすもの』だと学んだ彼は、高校時代からバイトで働いて得たお金を投資に回して大胆に運用していた。そこに、大企業に就職してからの稼ぎもザクザクぶち込んで、とうとう都内のビルを購入できるようになり、他の資産も順調に増やしているのだ。

　半分趣味のようなつもりで銀座でバーを開いた彼は、週に何度かバーテンダーとして立っている。そして、雰囲気の良い（そして、イケメンがシェイカーを振る）店としてマスコミに取り上げられて、今ではそこそこ有名店となっている。

　和樹は「地獄の底から響くような声で、俺の名前を呼ぶのはやめてくれ」と、ウーロン茶をカウンターに置いた。

「ほら、酒の前にこれを摘んでおけ」

プロの勘が『こいつは悪酔いコースだ』と告げたので、和樹はグラスの隣にチーズがメインのおつまみセットも置いた。

学生時代からの友人が酔い潰れたら、友情の証として自宅に連れて帰らなければならなくなる。整った顔立ちで背の高い千里は、可愛い園児さんである和樹の娘の目には王子様に見えるらしい。子煩悩なお父さんは、憧れの王子が酔っぱらって駄目王子になった姿を見せるのは、娘の教育に非常に悪いと考えた。

千里はグラスを見ながら呟いた。

「……これはこの前浅草で奈々子が飲んでたウーロン茶だね……奈々子が……奈々子おおおおううう」

「だから、変な声を出してうちの店の雰囲気を壊すのはヤ・メ・ロ。あと、奈々子ちゃんって豆柴っ子のことだろう？」

「うちの豆柴にしたかったのに……室内飼いしたかったのに……」

一滴も飲んでいないのに酔ったようにくだを巻く千里を、和樹は厳しい視線で見た。

「まさかお前、あの子になんかしたのか？」

和樹が『うちのお客になにをしやがる』という抗議の意味を込めて、冷ややかな声で千里を問いただす。

「まだ二十代半ばの若い子に、おっさんが変な真似するなって言っただろう？　酔い潰れた女性に手を出すのは、最低の男がすることだぞ」

「いやいやとんでもない、そんなことわかってるって。奈々子になにもしてないよ。……だって、なにも……できない。俺は汚れたおっさんだから、可愛い豆柴に手も足も出ないんだよ……」

「汚れたおっさんだって？　どうした千里、お前が自虐的なことを口にするなんて、いったいなにがあったんだ？」

和樹は店を他のスタッフに任せると、自分もロックのグラスを持って千里の隣に座った。そして、千里の話をひと通り聴くと、なんとも言えない表情になった。

「なるほどな。まあ、千里の気持ちはわからないでもないけど……今までに付き合ったことがないタイプだもんな、豆柴っ子は」

「うん」

素直にチーズを食べながら、ウーロン茶を「奈々子……」と呟きながら飲んだ千里は頷いた。

「銀座の有名店の前を歩いてもデパートに連れて行っても、奈々子はダイヤモンドのひとつもねだらないんだよ」

「……いや、それはちょっと、今までの女が偏りすぎだろう」

「喜んだのは、好きな鍋を買っていいって言った時だけ」

「鍋？　お前んちの鍋で、豆柴っ子にあげたわけじゃないんだろう？」

「うちの台所に置いてある。そうしたら、鍋を使いたくてうちに料理をしに来てくれるかなあって期待したんだけど……そんな風なことを自分からは言ってくれないんだ」

「うわあ……」

和樹は鼻に皺を寄せて、ウイスキーを飲んだ。

「お前がそこまでするとは……正直驚きだ」

でもって、ちょっと引くわ、と和樹は思ったが、それは心の中に収めておいた。

「泊まっていくのも、説得しないと駄目だしさ」

「お、おう、そうか」

「付き合おうって言ったら、すごく怒るし」

「千里、なんて言ったのかきちんと教えてくれ」

「お付き合いしていない男性のうちには泊まれないって言うから、それじゃあ付き合おうって言った」

「『それじゃあ』付き合おう？　馬鹿だなおい！」

頭に容赦ないゲンコツが飛んできた。

千里は頭をさすりながら「和樹が酷い」と口をへの字にした。

「あのなあ、うちの奥さんにそんなことを言ったら、鼻に一発拳が飛んできて骨を折られるぞ」

「ワイルドだね」

「そうじゃなくって……」

和樹はため息をつき「豆柴っ子は、お前の顔や財産に群れる女たちとは違うってことを認識した方がいい。冗談で『付き合おう』と言われて、チャンスとばかりに食いついてくる女じゃないんだよ、あの子は」と厳かに告げた。

「お前のイメージは完全に地に落ちたな」

「……」

千里は無言でウーロン茶を飲んだ。少し涙ぐんでいる。

「でもまだ望みはある。本気であの子が欲しいなら、誠意を見せて進め」

「誠意を？」

「自分の言葉や行動に責任を取れってことだよ。話を聞いていると、いいところのお嬢さんなんじゃないか？　ごく真っ当に育ったまともな……っていうと、言い方が悪いな。結婚するのにふさわしいタイプ、って感じか」

「結婚？」

千里の見えない尻尾がぴんと立った。

「仕事を真面目にこなして、自立していて、経済的な感覚がまともで、気立てが良くて……嫁にするのにいいと思うぞ」

「嫁？　奈々子を俺の嫁に？　……結婚……そうか」

千里の脳裏に、白いエプロンをつけながらタワマンのキッチンで料理をする奈々子の幻が見えた。そして彼女は振り向くと『千里さん、お帰りなさい！　今日は肉じゃがよ』と笑った。

「いい……すごくいいな……一緒に肉じゃがを作るんだ……」

顔がだらしない方向に進んだ千里を見て、和樹は「お前、顔が酷い」とまたため息をつく。

「まあ、千里もそろそろ身を固めてもいいんじゃないかと思うし、豆柴っ子に真剣に向かい合ってみろよ。惚れた女にいいところを見せろ」

「惚れた女？　あれ、俺ってもしかして、奈々子に惚れてるのか？」

「無自覚かよ！」

たまりかねた和樹にもうひとつゲンコツをくらった千里は「痛いいいい、マジか、俺は奈々子に惚れちゃったのか！」とひとりで混乱するのであった。

五　頼りになる王子様

　土曜日の夜に、千里さんのマンションに一泊した。眠れるかどうか不安だったけれど、たくさん歩いてごはんを食べて、お風呂でしっかりと温まったせいか、健康的なわたしは熟睡してしまった。

　けれど、素敵なゲストルームのベッドで起きてみたら、心の中にまだ、わだかまりの塊（灰色で、イガイガしている塊だ）が残っていたので、これ以上一緒にいると千里さんとの仲が拗《こじ》れてしまうような気がした。

　彼が悪いというよりも、わたしがめんどくさい恋心を抱いてしまったからだと思う。たぶん酔ったノリでポロッと口にしてしまっただけなのだろう。でも、彼に特別な想いを持っているわたしは、ワンナイト目当てのジョークじみた誘いではなく、真剣にお付き合いを申し込んでくれたらよかったのに……などと都合良く考えて、すねているのだ。

　そうだ、御子柴奈々子はいい歳をしてすねているのだ！

　うわー、恥ずかしい。

　面倒な女でごめんなさいって思うけれど、どうしても、悲しみに似た何かがわたしの心から消えなくて、屈託なく笑えない。

起きて身支度をすると、彼をカフェのモーニングに誘ってマンションを後にし、手近な店でさっさと食事を済ませると、そのままタクシーに乗って自宅に帰ってきてしまった。

彼は何事もなかったように振る舞っていたけれど、大型犬の子犬のような勢いがなくなっていて、最後は寂しそうな顔で走り去るわたしを見送った。

「……やだな、まるで犬を捨てたような気分」

胸が痛んだが、都合の良い女になんてなるつもりはないのだ。

わたしは心を鬼にして、二度と振り返らずに去った。


日曜日は、せっせと常備菜を作って冷蔵庫にしまった。週の後半の分は、密閉できる袋にしまって冷凍庫に入れる。庫内に綺麗に並んだ容器を見ると『また一週間がんばろう』という気持ちになる。

あとは、少し丁寧に部屋の掃除をして、天気が良かったので張り切って洗濯したシーツやカバー類を取り込み、とっておきの紅茶を淹れてビデオを観た。

ラブロマンスは、心がざわざわしてきて観ることができなかった。

そして、夜。

千里さんから、長いメッセージが届いた。

『奈々子様へ

昨夜はとても失礼な発言をしてしまったことを深く反省しております。

申し訳ありませんでした。

僕は奈々子様のことを軽く扱うつもりはありませんでしたし、貴女との出逢いを幸運なことだと感じています。

ふたりで買い物をして、食事をして、一緒に料理をするという時間は、どれも僕にとって楽しく心浮き立つものでした。

かなり歳上の男性として少々恥ずかしいのですが、正直に申し上げて、奈々子様は僕にとって頼りになる、大変心強い存在なのです。

貴女を失いたくないのです。

時間を戻せるものならば、戻したいと切に願っておりますが、それは叶わぬこと。

僕にできることは、ひたすらに許しを希《こいねが》うことだけです。

すぐに許して欲しいなどという都合の良いことは申しません。

今一度、僕に汚名を返上する機会を与えてくださいませんでしょうか。

どうぞ、よろしくお願い申し上げます』

「……長いわ！　そして、重いわ！　何よ、奈々子様って！」

わたしはベッドにひっくり返って、足をバタバタさせた。

そして、あの千里さんが、美形でお金持ちで才能溢れる、女性にモテてモテて仕方がないような完璧王子様が、前脚でぽちぽち……間違えた、あの長い指を持て余すようにスマホの画面をフリックして、一生懸命にこの謝罪文を打ち込んだのだなと思うと、ちょっぴり涙が滲《にじ》んできた。

「もう、本当に、本当にもう！」

感情がうまく言葉にできない。

笑いたくて、でも泣きたくなるような、すごく変な気持ちなのだ。

わたしは水を一杯飲むと、返信した。

『わたしこそ、良くない態度をとってしまってすみませんでした。謝罪を受け入れます。また一緒にお料理をしましょう』

「送信、っと」

微笑みながら、千里さんにメッセージを送った。

「……ちょっとあっさりし過ぎたかな」

二つ並べると、熱意にかなり差がある。

ううむ、もう少し何か付け加えた方がいいだろうか、と悩んでいると、向こうから返事が返ってきた。

『よかった！』

『ごめんなさい』

『ありがとう』

『見捨てないでくれて』

『本当にごめん』

『怖かったー』

『俺が悪い』

『和樹に叱られた』

『奈々子、優しい』

『ありがとう』

『ごめんね』

『もうしません』

『絶対しません』

『誓います』

うわあ、連打が酷い。

そして、くーんくーんと鳴きながら激しく尻尾を振る大きな子犬の幻が見える。

「ええと、『大丈夫ですから、落ち着きましょう』」

わたしは着信音が鳴り止まないスマホに返事を入れた。

「『また明日、会社でお会いしましょうね。今週もお仕事がんばりましょう。おやすみなさい』っと、これでいいかな」

すると、また返信が酷い。

『ありがとう』

『本当によかった』

『胃に穴が開くかと思った』

『胃薬飲んだ』

『奈々子様、女神』

『許してくれてありがとう』

『優しい』

『嬉しい』

『明日、会えるね』

『会ってね』

『おやすみなさい』

わたしはおやすみスタンプを押して、メッセージ交換を終わらせた。すかさず五種類くらいのおやすみスタンプが返ってきたのでスマホをサイレントモードにする。

「あれ？　なんか顔がベタベタするなあ……」

涙ぐんだからだろうか？　それとも、変な汗をかいたのかな。

幻の子犬に激しく顔を舐め回されたような気分になって、わたしはコットンに化粧水をつけて顔と首を拭いてからベッドに横になり、ぐっすりと眠った。

その晩は、茶色くてふわふわの毛並みの犬と草原を駆け回る、とても楽しい夢を見た。

「御子柴くん、おはよう」

「おはようございます、高塚部長」

会社の玄関で千里さんに会ったのでわたしが挨拶をすると、彼は「やばっ、にやけて顔が崩れる」と呟《つぶや》いて頰をさすりながら、足早に社内へ向かった。

普段の姿だと部長としての威厳に欠ける（否定はしないよ）と入社前に社長に注意されたので、会社ではがんばって敏腕部長〝風〟をキープしているらしい。だから間違っても、大型犬化して尻尾をぱっふんぱっふんと振ってはならないのだ。

長い謝罪のメッセージが届いてから、わたしたちはまた、ぽつぽつとＬＩＭＯでやり取りをするようになった。けれど、職場ではあまり距離を縮めないようにしている。

部長として入社して、新しい部署を立ち上げた千里さんは忙しそうだし、わたしも経理部長の指導の元で初めての仕事をしているため、わんこと遊ぶ余裕はないのだ。

それに……出世頭の若き部長であり、見た目も整っている千里さんにうっかり近づくと、トラブルに巻き込まれそうな予感がする。

そうやって、警戒していたつもりなのに。

「ねえねえ、御子柴さんのメガネって、高塚部長のものとお揃いなのかな？」

お昼休み、いつものように食事スペースでお弁当を食べていると、あまり関わることがない営業部の女性から声をかけられた。

「新しく買ったでしょ、あのメガネ。視力が急に落ちたの？」

「いえ、違いますけど……」

わたしは二年先輩の山浦《やまうら》さんに言った。

「やっぱりか。度が入ってなさそうだったんだよね。じゃあ、あれはファッションなのか」

「いえ、そういうんでもないです」

仕事中にファッショングラスはかけないでしょう。

わたしたちの会話を、山浦さんと一緒に食事をしている女子社員がじっと聞いている。

そして「度が入ってないメガネなんだね」「もしかして、アピール？」「それは御子柴さんのキャラじゃないっぽくない？」なんてこそこそ言っている。

そこで、わたしと並んでお弁当を食べていた、総務の鏑木さんが言った。

「御子柴先輩は業務中にしかメガネをかけていないのに、度の有無までよくわかりましたね。隣の部署のわたしもわからなかったのに」

「あっ、そうだよね。営業の場所からよく見えたね。山浦さんってマサイ族並みに視力がいいんですね！　マサイ族ってどのくらい目がいいんだっけ？　狩猟民族で、獲物を見つけるためにすごく遠くまで見えるってテレビで言ってた気がするよ」

「そうですね、視力がいいと言えばマサイ族ですよね」

鏑木さんはクールに言った。

アフリカの大自然の中に住むマサイ族の人たちは、高くジャンプができることでも有名だけど、普段から遠くを見て暮らしているために視力がとてもいいらしいのだ。

ちなみに、都会に住むマサイ族は視力が低下しているとか……。

「マ、マサイ族？」

山浦さんが絶句した。

「大変です、御子柴先輩」

「なになに？」

鏑木さんが、スマホの画面をわたしに見せた。

「これを見てください。マサイ族は、視力が10．0あるらしいですよ」

「ええっ、それはすごいね、想像もつかないような素晴らしい視力だね！　山浦さんの視力はどれくらいなんだろうね」

「半分としても、5・0くらいですか」

「うわ、マサイ山浦って名乗ってもいいね」

「マサイ山浦……」

「マサイ山浦……？」

わたしたちは、山浦さんをじっと見た。営業の人たちまでじっと見た。

彼女はたじろいだ。

「そんなにないよ、わたしは2・0ですらないよ」

「なんだ」

「がっかりですね、御子柴先輩」

「うん、がっかりだね」

「……な、勝手に期待しないでよ！　でもって変な名前をつけないで！　違うでしょ、わたしはそういう話をしていたんじゃなくって」

「あ、御子柴くんのメガネは、ブルーライトカットメガネだよ」

新事業企画部のメンバーを連れた千里さんが、食事スペースにひょいっと顔を出した。

マサイ山浦さんが「ひっ」と言って、お化けを見た人のように身体をびくっとさせた。

お化け扱いは酷いよね。

「高塚部長、お疲れさまです」

わたしは笑顔で声をかけた。

「御子柴くん、お疲れさま。メガネの使い心地はどうかな」

「とってもいいですよ！　目が疲れにくくなった気がするので、うちに帰って夜スマホを見る時にもしっかりと使ってます」

「そうか。夜寝る前にブルーライトを見ないようにすると、熟睡できるようになるから、成長ホルモンもしっかりと分泌される筈だ」

「はい！　そうしたら、もしかすると、まだ身長が伸びるかもしれませんよね。わたし、がんばってかけ続けます」

「うん、がんばれ」

千里さんと頷き合うと、なぜか皆「えっ、身長が……？」と驚いた顔をして、それからかわいそうな子を見るような生温かい視線をわたしに向けた。

なにそれ、失礼だからやめて。

「これは軽くてかけやすいから、皆にもお勧めだ」

「高塚部長は、視力はいいんですね」

千里さんと同じ部署の男性が言った。

「目はいいよ。かけ心地がいいから、仕事中はずっとこれをかけているけど」

千里さんはメガネを外すと「普段は裸眼」と言って、微笑んだ。

ヤッバい。

高級スーツに身を包み、髪をビシッとセットしたイケメン千里さんが、笑ってしまった。

破壊力は抜群だ！

わたしが横目で女子社員を見ると、ほぼ全員が顔を真っ赤にして千里さんの顔を見つめている。

「あー、どこかで見たことがあると思ったら」

唯一、まったく動じない鏑木さんは、わたしだけに聞こえる声で「銀座で会った、胡散臭いお兄さんモドキでしたか」と囁いた。

「……鏑木さん、その件は」

「内密に処理、ということですね。了解しました」

勘の良い後輩が目を細めて言った。

そのあと、千里さんはお気に入りのブルーライトカットメガネをみんなに紹介していた。あの調子だと、かなりの人数があのデパートでメガネを購入するだろう。

「鏑木さん、今夜はお暇かな？」

わたしは鏑木さんに声をかけた。

「よかったら、一緒にご飯に行かない？」

「いいですよ。いろいろと確かめたいこともあるし」

ニヤリと笑われた。

こ、怖いよ、この後輩。


「鏑木さん、なにを食べる？」

仕事が終わったので、わたしは荷物をまとめると後輩のところに行った。

鏑木さんはとても個性的な女性なので、馴染める人が少ない（本人談）らしいんだけど、話すと面白い（彼女は表情筋があまりお仕事をしないので、ほぼ無表情なんだけど）ので、わたしは彼女と一緒にごはんを食べに行くのが好きなのだ。

当の鏑木さんは「そういう御子柴先輩の方が個性的だと思いますけどね」と言うけれど、わたしには自覚はない。たぶん、鏑木さんの勘違いだと思う。

「あったかいものがいいかなあ」

「そうですね……ならば、御子柴先輩の手料理とか？」

「えっ、いきなりそう来るか！」

いいよいいよ、可愛い後輩にマイ手料理を食べさせちゃうよん？

わたしが指でハートマークを作って「愛の手料理？　愛なの？」とドキドキを表すと、後輩はわたしに白目を見せて言った。

「冗談ですよ」

「美人が白目剝いちゃだめだよ。黒目戻しなよ」

面白いけど、総務の子がぎょっとしてるよ。

「戻しました。それじゃあ、牡蠣《かき》鍋、行きませんか」

「行きましょう行きましょう。でも、なんで牡蠣鍋？」

「白目と黒目は牡蠣の色です」

「わあ、今日もとんがった思考回路だね！」

「ありがとうございます」

鏑木さんが、会社の近くにあるお鍋専門店の牡蠣鍋をご指名したので、わたしたちはきゃっきゃと言いながらそこに向かう。クールな鏑木さんは、もちろんきゃっきゃなんて言わないので、わたしがその分も盛り上がる。わたしは後輩思いの良い先輩なのだ。

この『鍋る。』という主張の激しい名前のお店は、一年中美味しくてヘルシーな鍋料理を一人前から提供してくれる、美味しいお店だ。インテリアもなかなかおしゃれだし、汗で崩れたメイクを直すパウダールームもあって、鍋好き女子に大人気なのだ。

あと、デートの前日にぴったり鍋とか、ぷりぷりぴちぴち美人鍋だとか、怪しさ満点だけど美味しいメニューがある。夏場はチゲ鍋やカレー鍋などの辛いものをハフハフ言いながら食べて、しゅわっとしたお酒を飲むのが楽しい。冬はもちろん、プリプリの牡蠣がたくさん入った牡蠣鍋だ。

わたしはお酒があまり飲めないけれど、牡蠣鍋にはやはり日本酒なので、冷酒を頼んだ。ほとんどは鏑木さんに飲んでもらう。彼女はお酒に対してもクールなので心強い。とても頼りになる。後輩だけど、頼る。

「……どうしましたか？」

ぐつぐつと煮える牡蠣鍋を前に、美人の鏑木さんにお酒を注いでもらう……大変幸せを感じたわたしは、にこっと笑って「好き」と言った。

鏑木さんは冷酒の氷入り徳利を置くと、無言のまま指でハートマークを作ってみせた。

わたしが全力で牡蠣に向かい合っていると、「牡蠣と白菜のお代わりをしよう……」と静かにタブレットを操作してから鏑木さんが話を振ってきた。

「で、胡散臭いお兄さんもどきの話ですが」

「いきなり直球来た！」

「申し開きをどうぞ」

「え、待って、わたし悪いことしてない」

「悪いことをされてませんか」

「……さ、されてないよー」

　お鍋が熱々なので、わたしは顔が熱くなってきた。

「それでは、ふたりの馴れ初めから始めてください」

「はい」

　ここはテーブル席だが気持ち的には正座である。

　わたしは、既婚者であることを隠してわたしを酔い潰そうとしたアホな先輩の話から、千里さんとの出逢いを語った。

「御子柴先輩は脇が甘いといつも言ってますよね。変な男にくっついて行かないでください」

「えー、でも、サークルの先輩だし、おめでたい話だったから」

「その後、お祝いについての話は進んでますか？」

「そういえば、あれから連絡がなくなったし、お式の話も全然聞いてないや」

「やっぱり……おめでたいのは先輩の頭だけでしたか」

「酷いぞ鏑木」

「正直ですみません」

「むう！　謝罪になっとらん！」

「まあ、そこも先輩の良さなので、そのままでいてください。さあ、もう一杯どうぞ」

　日本酒を注がれて、おめでたい問題はうやむやになる。

「で、その時助けてくれた高塚部長と、会社で再会したわけですか。そっちは偶然みたいですね」

「うん」

「いいんじゃないですか？　お似合いだと思いますよ」

「……ええっ？　なにを言ってるの鏑木さん！」

「顔がいいし、背も高いし、お金を持ってるし、仕事ができるし、性格もそこそこ良さそうだし……胡散臭いけど」

「そんなに胡散臭くないよ。あと、あの人は、そんなんじゃないから。お兄さんみたいなものだよ」

鏑木さんは、無言でわたしをじっと見てから、手を伸ばしてわたしの頭を撫でて「よしよし」と言った。

「なかなかいいですね、そのままの先輩でいて、部長を翻弄《ほんろう》してください。万一あの部長に泣かされるようなことになったら、わたしが叩き潰しますから」

「え？　なにするの？　暴力は駄目だよ」

「なに、ちょっとしたお仕置きをするだけですよ……頭頂部に乾燥わかめをふりかけるとか、そのくらいで。暴力はふるいません」

「地味に嫌な感じだね。あと、心の暴力だね」

「牡蠣が煮えすぎないうちに食べましょう」

「はい」

鏑木さんとする恋バナは、なぜかとても温度が低かった。余計なことが一切省かれているからだと思う。

でも、牡蠣鍋が熱いから、バランスがとれている気がした。


さて、また一週間が過ぎた。

子どもの時と比べて時間が過ぎるのが早いような気がする。毎日忙しくがんばっているからだろうか。

金曜日の夜ともなると、常備菜も炊いておいたごはんもなくなってくるので、外食をしたりコンビニで翌日の朝用のパンと一緒にお弁当を買ってくることが多い。その時には必ず、コンビニスイーツもひとつ購入する。これはがんばった自分へのご褒美だ。

というわけで、わたしはエコバッグに今夜のご馳走を入れて帰宅した。

「あー、疲れた」

千里さんはどうしてるかな？　と思ったら、ＬＩＭＯの着信音が鳴って
『終わったわー』

と喜びのメッセージが届いた。週末なので、うきうきわんこになっているようだ。

返信しようとしたら、来客を知らせるチャイムが鳴った。このマンションはオートロックなので、中から玄関ドアのロックを外さないと敷地内に入ることができない。

わたしはLIMOに『誰か来たから、ちょっと待ってね』と打って送信すると、防犯カメラと連動して外玄関を人物のアップと上からの俯瞰《ふかん》で確認することができる、外部インターホンの画面を見た。

そこには知らない男性が映っていた。

「どちらさまですか?」

わたしは通話スイッチにぴっと触れてから、ガラスの扉の外側に立つ人に尋ねた。

「こんばんは。さっきのコンビニで、お釣りのお金が間違っていたので持ってきました。お部屋まで行きますので、開けてください」

「あ、それはどうも……?」

変な帽子をかぶり、まだ二十代か三十代くらいなのにお腹の出ている残念体型のその男性の顔には、まったく見覚えがない。わたしが帰りに寄ったのは頻繁に行くコンビニなので、店員さんの顔はほぼみんなわかっているし、今日のシフトは女子高生だった。

それに、わたしは電子マネーで買い物をしているから、お釣りがあるはずがないのだ。

ないはずのお釣りを届けに、わざわざマンションまで追いかけてきた謎の男は、口元をひくひくさせながら言った。

「ここを開けてください」

わたしは店員を騙《かた》る男を見て、恐怖を感じた。チャイムを鳴らしたということは、彼はわたしの部屋のナンバーを知っているのだ。

どこで知ったんだろう？

あとをつけてきて、外から電灯がついた部屋を見つけたとか？

それとも、前からわたしのプライベートを探って、今日行動に出た？

「御子柴さん、どうしましたか？　これを渡さないと帰れないんですよ」

うわあ最悪、名前も知られている！

「……あとでお店に行きますから、お引き取りください」

そう言って追い払おうとしたけれど。

「それは困っちゃうんですけど！　レジのお金が合わなくなると、俺、首になっちゃう。今渡します。開けてください」

男は、ガラスの扉を拳で叩いた。

「ほら、早く開けてよ！」

どうしよう、コンビニのレシートを見てお店に電話する？

いや、コンビニの店員じゃないから、どうにもできないだろう。

それなら、警察？　１１０番？

その時、ＬＩＭＯの着信音が鳴った。

『奈々子、大丈夫？』

千里さんだ！

わたしは震える手でメッセージを打った。

『変な男が来てる』

『マンションの下に』

すぐに、電話がかかってきた。

「奈々子？」

「どうしよう、コンビニのお釣りを持ってきたっていうんだけど、わたしは現金を使ってないの。あと、名前と部屋が知られてて怖い」

するとと、千里さんは「大丈夫、落ち着いて」と言った。

「すぐにそっちに行くから。もうその男とは話さないで。あと、この電話を切ったらすぐに１１０番して警察に来てもらって。わかった？」

「わかった！」

「じゃあ、あとでね」

わたしは言われた通りに警察を呼んだ。

男はまだ入り口のところでわたしのことを呼んでいる。

もしかして、あれはストーカーというものなのだろうか？

キモい。

あっ、住人が入る時に、一緒に入ってきたら……。

わたしは玄関に行って、チェーンを確認した。ここまで上がってこられたらと思うと、震えがくる。

「御子柴さーん、奈々子さーん、早く開けてー、お釣りを受け取ってくださいよ、俺がお店に怒られちゃうんですよー、御子柴さーん」

人の名前を叫ぶとか、あの男最悪！

個人情報がマンションの住民に知られちゃうじゃない。

両手で耳を塞ぎながら、わたしはうずくまって千里さんを待った。

「ふざけんなよ電子マネーでお釣りが出るかっていうのよ、バカなのあんたバカなのそうですかバカですか、うわあキモいよー、なんであんなのに絡まれちゃうんだよー、あれかな、やっぱりわたしの背が低いからかな、ムカつくわーまじムカつくわー、消えろ、どっか行っちゃえ！」

恐怖のあまり、思考回路が暴走してちょっと変になりながら、男を罵倒《ばとう》して恐怖に打ち勝とうとする。ちらっとモニターを見たら、スーツ姿の千里さんがやってくるところだった。

「千里王子！」

わたしは鍵を開けようとして手を止めた。

千里さんと一緒に、変な男も入ってくる可能性がある。

「どどどうしよう」

男も同じことを考えたのか、入り口の連絡用パネルの前から下がって千里さんに場所を譲る。けれど、千里さんはＬＩＭＯで連絡してきた。

『この帽子のやつ？』

『そう』

彼はその男に向かって「いえ、お先にどうぞ」とパネルを譲った。お釣りの男は手を振ってさらに後ろに下がる。

「彼女と喧嘩しちゃって、入れてくれなくて、ははは っ」

「だからといって、わたしと一緒に入れるわけにはいきませんから」

「喧嘩といっても、たいしたことじゃないんですよ」

「何号室ですか？」

「え？」

「その彼女さんの部屋は？」

「あ、それはですね」

男はわたしの部屋の番号を言った。

「おかしいですね。それはわたしの彼女の部屋ですよ。あなた、何者ですか？」

「わうふ」

男は変な声を出すと、「違う！　チガウーッ！」と叫んだ。

その時、男は早く後ろを振り返ると、走ってどこかへ消えてしまった。

「え、どうしたんだろ？　千里さんは大丈夫かな」

映像を見ていると、画面にふたりの警察官が映った。

「あー、お巡りさんが来てくれたんだ！　よかった……」

わたしがほっとして座り込むと、パネルの通話スイッチに触れた千里さんの声が聞こえた。

「奈々子、大丈夫か？　警察官の人たちが話を聞きたいって言ってるけど、中に入れてもらっていいかな」

「はい、今開けます」

わたしは、ふたりの警察官と千里さんを通すために、下の扉をロック解除した。

少しして部屋のチャイムが鳴ったので、モニター画面を確認してから玄関に行ってドアを開ける。脚がガクガクして転びそうになった。

「奈々子！　大丈夫？」

「うー、千里さーん……」

部屋のドアを開けると飛び込んできた彼の顔を見た途端、わたしは泣きべそを掻《か》いてしまった。

「よしよし、かわいそうに。怖かったね。もう安心していいからね」

玄関で頭を撫でられて、目から溢《あふ》れてきた涙を子どものように手の甲で擦る。

「おっと、そんなに強くまぶたを擦《こす》ったら肌が荒れて痛くなっちゃうよ。……ここで拭いちゃえ」

千里さんがわたしをぎゅっと抱きしめたので、涙は彼のワイシャツに吸い込まれた。

お高そうなワイシャツとスーツにわたしの涙が……ああっ、まだメイクを落としてないから、汚れがついちゃう！

わたしは慌てて顔を離そうとしたけれど、頭の上に千里さんの顎が乗って温かくなり「無事でよかった……奈々子になにかあったらと思って、俺も怖かった……」という小さな呟きが聞こえたので、力が抜けてしまった。

「無事で、本当に、よかった」

「来てくれてありがとうございます」

わたしは彼の腕の中にすっぽり入って、ようやく身体の震えがおさまってきた。

彼は「ああいう変な奴が世の中にはたくさんいるんだから、おかしいと思ったらすぐに俺に連絡するんだよ。わかった？　約束して？」と言って、胸に顔を埋めたわたしの頭を撫で続けた。

「奈々子は豆柴みたいで可愛いから、目をつけられやすいんだと思う」

「千里さん……御子柴です……」

顔をあげて、つい突っ込みを入れてしまう。

「あいつに今度会ったら、問答無用で殴ってもいいかな？」

「それは駄目です」

「じゃあ、踏み潰す」

「足ならいいってものではありませんよ」

「じゃあ……射殺？」

「お巡りさんの前でそこまで物騒なことが言える、その心臓がすごいですね」

「ありがとう」

「褒めてませんから」

そのタイミングで、苦笑するふたりの警察官から声をかけられた。

「御子柴さん、大変な思いをされましたね……彼氏さんも。でも、暴力は駄目ですよ？気持ちはわかりますが、男を殴る前に我々に通報してくださいね」

「スタンガンならいいですか？」

……今気がついたけど、千里さんは本気で言っている。顔が本気だ。

「スタンガンも駄目です。通報一択でお願いします」

こちらも真面目な顔の警察官に注意されて、千里さんは少し膨れながら「わかりました」と言った。

「御子柴さん、気持ちが落ち着かないうちに申し訳ないのですが、不審な男性についての詳しいお話をお聞かせいただけますか？」

「あっ、はい！　……千里さん、離してください」

「やだ」

ぎゅっと抱き着いて離してくれない。

駄々っ子わんこかな？

「もう、俺、本当に、心配して腰が抜けそうだったんだからね。口から魂が半分出た」

「……ありがとうございます。嬉しいです。魂はしまっておいてください」

こんなにも親身になってくれる千里さんの言葉を聞いて、わたしの心は温かくなった。

「大変動揺されているみたいですから、そのままでも大丈夫ですよ」

警察官が優しく声をかけてくれた。

「怖かったですよね」

「……すみません」

びしっとスーツを着て髪をセットして、例のメガネをかけた千里さんはどこから見てもエリート部長なのだが、行動と表情がいつもの千里さんなのでギャップが激しい。

そして『動揺されている』の主語が、どちらかというとわたしではなくて千里さんのようである。

解せぬ。

結局、背後から千里さんに抱きしめられるという姿で、わたしは警察官たちに状況を説明した。

彼らは「迷惑行為ということで、こちらのマンションの防犯カメラを確認させてもらいます。それから、コンビニエンスストアにも事情を尋ねてみます」「もちろん、周辺のパトロールも行いますので」「住所や名前などの個人情報が漏れているので、その経路も調べますね」と話した。

そして、「ひとり暮らしとのことですが、可能ならば、しばらくは信頼できる人と暮らせるようにした方がいいと思いますよ」とアドバイスしてくれた。

「奈々子」

警察官が去るとすぐ、千里さんが言った。

「実家は遠いの?」

「はい。通勤時間がかなりかかっちゃうし……それに」

わたしは彼に、できるだけ実家に厄介になりたくない理由を話した。

「それは、義理のお父さんが奈々子のことを……言葉は悪いけれど、邪魔にしているってことかな?」

「いいえ、それならまだいいんです。逆なんですよ」

「逆?」

「過保護過ぎるんです！　もう、こんなことがバレたら、心配症のお義父さんがわたしを実家に閉じ込めて、会社も辞めさせて、二歳児レベルに扱ってうちから一歩も出してくれなくなりますよ」

わたしはぶるっと身体を震わせた。

義理の父は、お母さんのことが大好きなのが高じて、わたしのことも、ものすごく大好きで甘々で心配症で過保護で、それはもう大変なことになってしまったのだ。

娘愛が強すぎるのである。

しかも、義父は事業に成功してお金持ちになっている。

ＳＰのひとりやふたりを雇ってもおかしくないのだ、あの筋肉義父は。

「だから、できれば実家にはこのことは知らせたくないんですよね。せめて、不審者が判明して、処遇が決まるまでは……」

そう、不審者男には義父の手が届かないところにいってもらわないと、あの人が何をするかわからない。

「そうなんだ……それじゃあさ」

千里さんは、王子スマイルになって言った。

「うちにおいで。俺と一緒に暮らそう」

「……はあ？」

「だって、他に手段がないでしょ？　奈々子がこのマンションでひとりで暮らすのは、警察の人が言う通り危険だと思うし、上司として心配で仕方ないし」

「上司として？」

「そう、上司として」

千里さんは、キリッとした顔をした。

「これから仕事は忙しくなるし、有能な経理部の社員である御子柴くんのパフォーマンスを落とすわけにはいかないからね。うちなら通勤にも便利だし、泊まり慣れた部屋もある」

「……会社の近くに、ウィークリーマンションを借りるという手も」

「却下だ。御子柴くんの個人情報がどこから漏洩《ろうえい》したのかわからないので、また居場所を突きとめられる可能性がある。職場が知られていないとは限らないだろう？」

「あ、そうですね」

「だから、君はわたしと一緒に暮らすべきだ」

高塚部長モードになっていた千里さんは、そう言って頷いた。

そして、千里さんモードに戻る。

「俺のことが信用できない？」

「そんなことは……ない、です」

「よかった。奈々子にはお兄さんがいるの？」

「いえ、大学生の弟がいるだけです」

「そうか。それじゃあ、新しいお兄さんができたと思ってよ。奈々子のご両親に顔向けできないことは、絶対にしないと誓うから。緊急事態なんだからさ、俺に甘えて。もしも俺が緊急事態になった時に、奈々子に助けを求めるよ。そういう対等な関係として捉えてくれたら……どう？」

「対等な関係？」

「前にも言ったけど、この東京で、俺は奈々子のことを頼りにしてるよ。いざという時とか、すごく困った時とかには、奈々子に助けを求めたいと思ってる」

わたしは千里さんの顔をじっと見つめた。

「……はい。そういう時は、すぐにわたしを頼ってください！」

「ありがとう、奈々子」

「それでは、しばらくご厄介になります。よろしくお願いします」

わたしは千里さんに頭を下げた。

そして、急いでボストンバッグに着替えや日用品を詰めて、しばらく千里さんのタワーマンションにお泊まりする支度をしたのであった。


わたしの当座の荷物とコンビニで買った夕飯は、千里さんが持ってくれた。

「近くの駐車場に車を停めてきたから、少し歩くけど大丈夫？」

「はい」

びくびくするわたしの手を、彼がしっかりと握る。

「パトカーと警察官の姿を見て、あいつは猛ダッシュで逃げたから、もう近くにはいないと思うよ」

「そうですよね」

「出てきても、俺が追い払うから。物騒な場所もあるアメリカで暮らしていたからね、いざという時の対処法もそれなりに身に着けているよ」

「頼りにしてます」

「うん！」

警察官が、少しこの付近をパトロールしてくれてから帰ると言っていたし、赤灯をくるくるさせながら走るパトカーを見ながらわたしを待ち伏せるほどの精神力は、あのストーカーにはないと思う。

でも、やっぱり怖いので、わたしも千里さんの手をぎゅっと握って歩いた。

途中のコンビニ（車で少し走った場所にあるコンビニだから、安心だ）で、千里さんも夕飯を買い、そのままタワーマンションに向かう。

「コンビニ夕飯に付き合わせちゃって、すみません」

「全然いいよ！　コンビニのスイーツ、美味しいよね。あと、この中華丼はマイブームなんだよ」

アメリカ帰りのイケメンプリンスは、コンビニがお気に入りのようである。

「お帰りなさいませ」

車を置いて玄関に入ると、入り口を見渡せる場所にあるカウンターにコンシェルジュが二人いた。

このマンションは、贅沢《ぜいたく》にも男女二人のコンシェルジュが常駐しているのである。だから、以前わたしがお泊まりをした時に、お着替えや下着を用意してくれたのは、女性である。

「ただいま。彼女はしばらくうちに滞在するから、よろしくね」

「あの、御子柴と申します」

わたしが頭を下げると、四十代くらいの落ち着いた男女のコンシェルジュは「よろしくお願いいたします。加藤と申します」「わたしは池田と申します。ご用がございましたら、どんなことでもお気軽にお申し付け下さい」とわたしよりも深く頭を下げた。

「御子柴さんは、ストーカーっぽい男につきまとわれているんだ。不審者がいたら、即通報して、その事を警察に伝えて欲しい」

するとふたりのコンシェルジュは表情を引き締めて「かしこまりました」と答えた。

「御子柴様、それは恐ろしい思いをなさいましたね。女性として許せない犯罪だと思います。このマンションには、怪しい者は一歩も通しませんので、どうぞご安心ください」

女性の池田さんがそう言うと、加藤さんも「わたしも池田も、武道を嗜《たしな》んでおりますので、必ず御子柴様をお守りいたします。ごゆっくりお過ごしください」と笑顔で言った。

タワマンのコンシェルジュ、すごい。

「むしろ、こちらにやってきましたら、わたしがボコボコにして再起不能にまで追い込ませていただきますので、どうぞお楽しみに」

穏やかな女性にしか見えない池田さんが、瞳の奥に炎を燃やして「ふふふ、女の敵には容赦《ようしゃ》しませんよ」と笑った。

ものすごく心強いけど……。

「その時は俺も混ぜて」

千里さん、警察犬並みに血の気が多いよ！

いつもの可愛い大型犬に戻って！


さて、気持ちが楽になって「よろしくお願いします」と笑顔を見せることができたわたしは、千里さんと一緒に部屋に向かった。

「お邪魔しまーす」

「遠慮なくくつろいでよ。服をしまう場所はわかる？　造り付けのクローゼットがあるから、大丈夫だと思うよ」

「はい」

わたしは千里さんの後について、広々としたゲストルームのクローゼットの前に来た。扉を開けると、ハンガーがかかっている。棚もあるので、下着もここに収まりそうだ。

「かなりの収納力ですね」

「うん、鞄もしまえるね。ゲストルームは好きに使っていいからね。ごはんにする？　それともお風呂？　どっちでもいいよ」

「あ、じゃ、お風呂で」

「ルームウェアを持ってきた？　なかったらすぐに用意するから」

「いただいたものを持ってきたので、大丈夫です」

「これ、エアコンとテレビのリモコンね」

「はい」

見えない尻尾をふっさふっさと振りながら、千里さんが甲斐甲斐しく動き「お湯を張ってくるね。スイッチを押すだけだけど」と部屋を出て行った。

造り付けのクローゼットに服をしまおうとしたら、先日わたしの使ったシルクのパジャマが畳んで置かれていた。千里さんのものと色違いのパジャマだ。家政婦さんが洗濯して、しまっておいたのだろう。

そして、ふわふわの茶色のルームシューズも置いてある。

え、待って、裏に肉球が付いているんだけど！

「……このお部屋、もしかするとわたし専用になってる？」

皺《しわ》にならないように服をハンガーにかけてしまうと、なにか手伝おうとリビングに戻った。

すると、千里さんにブラウンのふんわりしたガウンを渡された。

「これ、パジャマの上に羽織るやつ。豆柴色を取り寄せておいたよ」

「えっ、いつの間に？」

彼は「さてさて、いつでしょう？」と笑った。

「すぐにお湯がたまるから入ってね。洗濯物は、脱衣所にランドリーボックスがあるからそこに入れておいて。明日クリーニングにだすから。洗濯機も普通に使ってもらって大丈夫。乾燥機も大小二種類あるよ」

　確認してみると、デリケートな衣類（レースの下着とかね）専用の小さな乾燥機があった。

　よかった、下着はどうしようかと思ったんだよね。

　と、お湯張り終了のチャイムが鳴った。

「千里さん、お先にどうぞ」

「いいよ、奈々子が入りなよ。お湯であったまると気持ちが落ち着くよ」

「でも……」

「あっ、自分の浸かったお湯におっさんが浸かるのが嫌なら、張り替えるから安心していいよ」

「全然そんなことないです！」

　むしろご褒美？　って、変態っぽいことを思ってしまった。

　駄目だ、今夜のわたしは頭がおかしい。

　食い気味に返事をしてしまって、ちょっと恥ずかしくて顔が熱い。

「遠慮しなくていいから、気になることがあるならなんでも言ってよ。ね？」

「……はい」

　ぽんぽんと頭を撫でられたわたしは、先にお風呂を使わせてもらった。

　ちなみに着てみてから気づいたけれど、豆柴色のガウンにはフードがあって、耳がついていた！

さりげなくデザインされていたから気づかなかったよ！

そして、ガウンを着たわたしを見て『我が家に豆柴がやって来た喜びの踊り』を踊る千里さん……さすがは陽気なアメリカ人だね……日本人だけど……そしてダンスが上手いね。

さて、ふたりともお風呂に入り、もうすぐに寝られるようにしちゃおうということでパジャマに着替えたところで、コンビニのごはんを食べた。ちょっと警戒心が薄いけれど、千里さんは変なことをする人じゃないと思うから、そこは信頼しているのだ。

だって、こんなにイケメンなんだよ？

その気になれば、ゴージャスでセレブリティな美女が、簡単に手に入るんじゃないかな。猛犬の豆柴なんて、とても太刀打ちできませんよ、とほほ。

「はい、ティーバッグだけどお茶どうぞ」

「ありがとうございます」

千里さんがペアのマグカップにお茶を入れ、わたしは電子レンジで温めた本日の夕飯を出してテーブルに並べる。

「豪華な感じになってきたぞ」

ペコペコの容器だけど、品数があるから一見豪華に見える。

しかし。

……大きな窓から夜景が見下ろせる、スペシャルなダイニングルームには、レンジで温める『季節の野菜たっぷりすいとん』は似合わない。

揚げたての春巻き（冷めたので、オーブントースターで焼いたら、パリッとして出来立ての味になった）と、『クリームたっぷり北海道産小豆の粒餡《あん》入りフルーツみつ豆』も、似合わない。

でも、美味しいからいいのだ。

中華丼とねばねばサラダと春巻き（わたしが買ったと言ったら、真似をして買ってきた）を食べ終えた千里さんは、レンジで温めるとチョコレートクリームがとろりと出てくる、ほうじ茶ガナッシュケーキにフォークを入れて「わあ、すごいよ！　チョコレートが本格的だ！」と喜んでいる。

「それ、美味しいですよね。わたしも好きです」

「それじゃあひと口あげるよ。あーん」

大きなひと口をプラスチックのフォークに乗せて、千里さんが差し出す。

「いや、それはさすがに」

嫌ではないですけどね！

でも、こういうのは問題だと思うのですよ。

「誰も見てないから平気だよ。ほら、美味しいよー、チョコが垂れるよー」

垂れたらもったいないので、チョコレートを救出するために口を開けた。ほうじ茶がふわりと香る生地と、温まって蕩《とろ》けるチョコレートが口に広がる。

とっても美味しいんだけど、心臓がドキドキして、いつものような味がしない。

だって、同じフォークだよ？

ペアのパジャマを着て、ペアのマグカップでお茶を飲んでるんだから……さらに同じフォークでケーキを食べるとか……まんま、カップルのやることじゃないの！

「みつ豆も美味しそうだね」

「……」

この王子様は、まったく動揺してなさそうである。

「へえ、生のパイナップルと柿が入ってるんだ」

「……」

もしかして、あーんくらいで動揺するとか、わたしの経験値が少なすぎるからなのだろうか？　これはちょっとしたふざけ合いとか、じゃれっこのレベルで、変に意識する方が恥ずかしいのだろうか？

「俺、和菓子も好きだよ。あんこ美味しいよね、粒もこしも好き」

「……」

そうか、きっとわたしが気にしすぎなのだ。

「ええと……少し器に分けますか？」

「あーんでいいよ！　全然いいよ！」

テーブルに前脚をかけて、大型犬が激しく尻尾を振っています。

この瞳を見て、餌をあげずにいられる人がいるでしょうか？

「……はい、あーん」

「あーん」

手が震えて寒天を落としそうになったけれど、無事にわんこの口にみつ豆を放り込むことに成功した。パイナップルも柿も、ちゃんと入れてあげる。

「美味しいな、今度買ってみよう。ふたりだと、いろんな味が食べられるからいいよね」

「そうですね」

赤くなった顔を隠しながら、空になった容器を水でさっと流してからゴミ箱に入れる。

このマンションでは各階にゴミを置く小部屋があって、二十四時間いつでもゴミを出せるというのだ。千里さんちは家政婦さんを雇っているので、その簡単なゴミ出しすらお任せでやってもらっている。

お金があると、ひとり暮らしでもまったく家事に困らないようだ。まことに羨《うらや》ましい。

「奈々子、まだ寝ないよね？　映画を観ない？　で、一緒にこれを飲もうよ」

テーブルを綺麗にすると、千里さんが食後の梅酒を出してきた。

「わたし、お酒はあんまり……」

「これはブランデーの梅酒だよ、美味しいよ」

「梅酒、好きですね」

「梅酒は日本の味だと俺は思うね。世界に誇れるお酒だよ。ロスでもかなり梅酒ファンを増やしてきたんだ」

面白い方向で郷土愛を募らせる王子様である。

「炭酸で割ると美味しいし、ガブガブ飲まなければ酔っぱらったりしないと思うよ。まあ、酔ったとしても、この通りすぐに寝られる用意をしてあるから大丈夫だし」

「そうですよね。では、おひとつください」

「はい喜んでー」

喉が渇いていたので頼むと、バカラのグラスに梅酒のソーダ割りを作ってくれた。

ええっ、バカラのグラスに？

これ、普段使いするものじゃないと思うんだけど。

「綺麗でしょ。和樹が引っ越し祝いにくれたんだよ」

なるほど、イケメンバーテンダーさんからのプレゼントでしたか。

「手洗いが面倒なら、食器洗浄機に突っ込んでいいって言ってたよ」

「ええっ、手洗いしようよ」

「割れた時用にって、五個くれたから大丈夫」

「割れないようにしようよ！」

わたしは数万円するクリスタルのグラスを「よしよし」と撫でた。

「どうせ使うなら、良いものを使いたいし、形あるものはいつか壊れるんだから恐れちゃ駄目だよ」

「んー……まあ、そうだけど」

「俺は別にコレクターじゃないから、飾って見るだけのものはいらないしさ。美味しいお酒を入れて飲もうと思う」

そう言って、小さなガラスの置き物をテーブルに置いた。

「これは飾って見るだけのものだよ。豆柴の置き物、可愛いでしょ」

……バカラの豆柴なんて、どうやって手に入れたの？

千里さんが豆柴マニアになってきた気がする。


映画はこのマンション全戸に配信されていて、好きなものを好きなだけ見られるのだそうだ。

テレビ画面ではなくプロジェクターで。

思わず「会社かよ！」と突っ込んでしまいそうな立派なプロジェクターが、スイッチを押すと天井から出てきて、白い壁をスクリーンにして映像が映った。前後左右には黒いスピーカーまで出現した。

「さすがに４Ｄはまだ家庭用のものが出てないみたいなんだよね」

４Ｄって、立体に見えて座席が揺れたり風が出たり煙がモクモク湧いてくるアレだよね？

そんなの家庭にあったら驚くわ……科学の進歩はすごいから、もしかすると数年後には千里さんちについているかもしれないけど。

その時はぜひ、お呼ばれされたいと思う。

あ、千里さんがまだ独身だったらの話だけれど。


今夜はサスペンスとか、悪い人が出てくる話を観たくなかったので、動物がたくさん出てくるほのぼのとした映画を観た。ソファに並び、ナッツやチーズをつまみながら梅酒を飲む。

大迫力の画面で、お茶目な動物の動きを見て笑い、いつしかストーカーのことを忘れていた。

「楽しかったね」

「思いきり笑っちゃいました」

動物の力ってすごいよね。癒されたなあ。

「じゃ、そろそろ寝ようね。明日の朝は、またカフェから配達してもらう？　それともモーニングを食べに行く？」

「散歩がてら食べに行きたいかも」

「いいね、そうしよう。豆柴の散歩だ」

「御子柴です」

気の合ったボケとツッコミをしてから、歯を磨いたわたしたちは（洗面所に……ペアのコップと歯ブラシが……千里さん……）おやすみなさいをしてそれぞれのベッドに潜り込んだ。

「千里さんがいてくれて、本当によかったな」

まるでお兄さんみたいで、頼りになる。

下にはスーパー強そうなコンシェルジュさんたちがいるし、セキュリティがしっかりしたこのタワーマンションには、ストーカーなんて逆立ちしたって入れやしないだろう。

わたしはシルクの毛布の手触りを楽しんでから首まで引き上げて、小さな声で「おやすみなさい、千里さん」と呟いた。

六　ふたりの関係

「……見事に熟睡してしまったわ。自分でもびっくりだな」

　翌朝目覚めたわたしは、ゲストルームの天井を見上げて呟いた。腕時計を見ると、もう九時を過ぎている。休日の朝とはいえ、少々寝坊のしすぎである。

　昨日は怪しいストーカーに怯えて怖くてたまらなかったというのに、千里さんにこのマンションに連れてこられてからは、単なる楽しいお泊まり会に来たような気分になってしまった。優しくもてなしてくれる千里さんと、美味しい梅酒を一杯飲みながら映画を観て笑って、寝心地の良いベッドに入ったらすぐに意識がなくなった。

　大型犬の癒し能力がすごい。

　これがアニマルセラピーなんだね。

　それにしても、昨日は他に行くあてがなかったし、ひとりでいるのが怖かったから千里さんちに来てしまったけれど、独身の女性がお付き合いもしていない男性の家に長期滞在するというのは、かなり非常識な行動ではないだろうか。

　少なくとも、うちの両親にバレたら、ものすごく叱られると思う。

特に、心配症の義父が知ったら……泣きながら千里さんのことを社会的に葬り去る画策をして、わたしのことを世間知らずな箱入り娘として家に閉じ込めてしまうかもしれない。

義父の愛は重すぎるのだ。

そして気になるのは。

千里さんは途方もなく親切な人で、おまけに見た目が素晴らしく整っていて、仕事も人並み以上にできる大人の男性だ。ハイスペック男子と呼ぶのにふさわしい存在である。

そんな彼の周りをわたしみたいな平凡人がうろちょろしていたら、邪魔になるのではないだろうか。

主に、恋愛方面で。

いくら妹分でも、本当の妹ではないのだから。

この際、地味で平凡な豆柴は、誰の目にも入らないのではないかという意見は聞かないことにする。

それとも……そうだ、アメリカではこういうルームシェアっぽいことは当たり前なのかもしれない。きっとそうだ。以前、そういうアメリカのドラマを見たような気がする。若い子たちが同じ家に住んで、わいわい盛り上がっていた。

日本の常識だと、いくら同じ会社の社員同士でも異性は家に泊めないけれど、アメリカンな常識なら普通なのだろう。わたしが自意識過剰になって、気にしすぎていたようだ。

男性慣れしていなくて、ちょっと恥ずかしい。千里さんに変なことを言わなくてよかった。


そんなことをつらつらと考えていたら、部屋がノックされた。

「豆柴奈々子ちゃーん、起きてる？」

「起きてまーす、御子柴奈々子でーす」

「そうしたら、カフェのモーニングに行こうよ。そのあと、足りないものを買いに行ってこない？」

「足りないもの……あったっけ？」

「お箸とご飯茶碗。奈々子の好みがあると思って、買ってなかったからさ」

「あ、そうでしたね。って、わたしの好み？」

え、待って。

ペアで末長く使うって、それは夫婦茶碗に夫婦箸ってやつではありませんか？

「ペアで末長く使うものだから、ちゃんとしたのを買った方がいいよ」

「……十五分ください」

わたしは釈然としないながらも、出かけるために身支度を始めた。顔を洗って着替えて、ポイントメイクを済ませる。おうちモードなので、少々手抜きなのだ。

ちゃんと十五分で終わらせたら、千里さんに「偉い偉い」と褒められた。

「テイクアウトも結構満足できたけど、やっぱりお店で出来立てを食べる方が美味しいな」

「そうですね」

　わたしたちは、朝日がかなり昇りきったカフェで、エッグベネディクトの朝食を食べている。熱々のマフィンにカリッとソテーされたベーコンとポーチドエッグが乗り、オランデーズソースがかかっている。サイドにはたっぷりのグリーンサラダとカットしたオレンジとグレープフルーツが添えられていて、どれもとても美味しい。

　飲み物はふたりともブレンドコーヒーを頼んだ。

「土日の朝はこうやって、外に食べに来ようよ。ちょっと歩くのもいい運動になるし」

「運動、ですか」

「三十を超えると、運動不足になりがちになるんだよね。美味しいものを食べすぎると、途端に身体が重くなって。マンションの地下に住人専用のジムとプールがあるから、そこで身体を動かして調整してるけど、やっぱり外に出たいじゃない」

　そう言いながら、細マッチョの千里さんは美味しそうに朝食を平らげた。

「豆柴はまだまだ子犬だから、動きが激しくて太らないよね」

「もう大人ですよ！　まあ、動きが無駄に激しいというのは否定できませんが……」

　でも、スイーツのバイキングに行くと、やっぱり体重に表れてくるのですよ。

　二十五歳はいろんな意味で曲がり角だと思います。

おなかがいっぱいになったので（千里さんに『ミニパンケーキも食べていいんだよ？リコッタチーズの入った、ふわっふわの美味しいパンケーキに、クリームとメープルシロップをかけて食べるお口でとろけるやつだよ？』と囁かれたけれど、気力を振り絞ってお断りした）もう一杯ずつコーヒーを飲みながらお喋りをして、優雅な朝を楽しむ。

今さらながらなんだけど、白いシャツにスリムなジーンズを着て、今日は豆柴色……いや、ブラウンのジレにブラウンのショートブーツを履いた千里さんは、めちゃくちゃカッコいいビジュアルだ。サングラスをしっかりとかけていてもその美貌は際立つので、女性たちがチラチラと見てくるのがよくわかる。

わたしは、カッコいい千里さんの中身が大型犬の子犬だとわかってしまったので、彼の姿を見てももう、他の人みたいに魂が抜かれたようにはならないけれど（だって、頭に幻の犬耳が、お尻にはふさふさの尻尾が見えてしまうからね！）千里さんはモデルかタレントかというくらいに目立つので、結構な数の人が口を開けて彼を見ている。

魂が出ないように、口を押さえてあげたい。

「どうしたの？」

「ううん、なんでもないです。そろそろ行きますか」

千里さんが席を立つと、周りから「ああ……」と残念そうな声がした。

朝食を終えたわたしたちは、雑貨のお店を回ってお箸とご飯茶碗を選んだ。

もちろん、ペアで。

隣のわんこが「お揃い！　お揃いだよね！」という圧を強くかけてくるので、断ることができなかったのだ。彼は神奈川に住む家族から長く離れて暮らしていると言っていたので、人が恋しいのかなと思う。

その千里さんが「今夜は外で食べて、明日は俺に料理を教えてくれない？　簡単な朝ごはんにもチャレンジしたいな」と言ったので、わたしたちはいったんマンションに戻った。

千里さんはわたしがしていたように、一週間分のおかずを作り置きできるくらいに料理の腕を身につけて、これからは外食１００％だった生活を少しずつ見直していきたいそうだ。身体のためにもいいことだと思うので、わたしは協力することにした。

「やっぱり、これから家庭を持ったりすることも考えているからさ。俺も料理くらいできるようになりたいんだよね」と話していたから、三十二歳の彼はそろそろ結婚を意識しているのかもしれない。

そうしたら、こんな風に友達付き合いをすることもできなくなるな。

なんだか……胸の中に痛くて冷たい塊ができちゃいそう。

「奈々子、ちょっと話があるんだけど、いいかな？」

マンションに戻り、すぐ使えるように買ってきた食器を洗って収納すると、千里さんが言った。

「なんですか？　あっ、炊飯器を買ってない！」

「大変だ、ごはんが炊けない！……いや、その問題はあとで片付けよう。まずは……コーヒーを淹れるから、ソファのところに座って。あと、さっき買ってきたケーキも食べるのは後にして」

「えー、後にするの？　お預けなの？」

わたしの抗議の声を聞いた千里さんは「ちょっとだけ待って、先に話をしたら一緒に食べようね」とわたしの機嫌をとった後に「駄目だ、つい餌付けしようとしてしまう……」と遠い目で呟いた。

あ、そうだ、ここに泊めてもらうお礼をきちんとしなくちゃいけないしね。いくら千里さんがお金持ち様でも、好意に甘えっぱなしはよくないよ。そのあたりの話もしなくちゃ。

そう思ってわたしがおとなしく座って待っていると、なんだか緊張した表情の千里さんがふたつのカップを持って来た。

「ありがとうございます。わあ、いい匂いー、挽きたての豆は香りが立ちますね」

「うん。お湯を入れると粉になった豆からぶくぶく泡が出て……待って、コーヒーの話も後ね」

彼はテーブルにカップを置くと、わたしの隣に微妙に距離を空けて座る。

「それでは、どうぞお願いします」

わたしは改まって千里さんを促した。

「あのさ、奈々子」

「はい」

「その、ストーカー男の騒ぎとかあって、奈々子が動揺しているところにつけ込むようなことはしたくないんだけど、でも、こんなことになる前からこの週末には話そうと思っていたから、早いうちに言っておきたいし、と思ってね、ああマジ緊張しちゃう、この俺が緊張する日が来るとは！　なあんてね、あは、あはははは」

「ん？」

　わたしは首を傾げた。

　隣に並んだ千里さんは、視線をさまよわせながら何やらもぞもぞと話して、わざとらしく笑った。

　敏腕部長の時はパキッとわかりやすく話すのに、今はなんだかぐたぐたで、なにが言いたいのかまったく伝わってこない。

　これはもしかして、悪い内容なのだろうか。

「なにか……仕事のことですか？　言いにくい問題でもあるんですか？」

　経理の手伝いが必要な、難しい案件が発生したとか？

　それとも、わたしが仕事上で深刻なミスをしていた？

「ううん、全然プライベート……個人的な提案……いや、そういう無機的なやつじゃなくて、その……」

イケメンが悩んで悶《もだ》える姿を、彼の緊張が移ったわたしは背筋を伸ばして見守った。

「つまりその」

「なんでしょうか」

彼は、ふんっと鼻息を荒くしてから、ようやくわたしを真正面から見て言った。

「御子柴奈々子さん、結婚を前提として、俺とお付き合いをしてもらえませんか！」

あまりにも意外な内容に、わたしはそのまま固まった。

「…………え？」

よく意味がわからない。

というか、千里さんは、わたしの考えているこの『お付き合い』の意味で言っているんだろうか？

つまり、男女交際。

犬仲間ではなく。

結婚を前提としてってことは、プロポーズに限りなく近い。

わたしにプロポーズ？

まだ会ったばかりのわたしに？

「結婚、って……」

わたしが驚きの表情のまま千里さんを見ていたら、彼の眉毛が情けなく下がった。

「やっぱり……無理？　俺じゃ駄目かな？　おっさんだから……若い奈々子には……」

いやいやいや、千里さんは全然おっさんではないでしょう！

スーパーカッコいい、今が旬のイケメンさんですからね！

ってことは、やっぱり、千里さんは、つまり、わたしに、ええ？

「あの、なんでわたしなんですか？」

だってわたしは、この通りの平凡なＯＬだし、ちびっこいし、千里さんのようなハイスペックなイケメンに釣り合うとは思えないし。

あ、もしかすると。

わたしが若いから？

若さなの？

若くて健康で犬みたいにぽこぽこ赤ちゃんを産みそうだからなの？

手近なところに若いのがいたからわたしを選んだってことなのかな！

そうだったら腹立つな！

わたしがじとっと見上げると、千里さんは見えない耳をぺしょっと畳《たた》んだ。

「ご、ごめん……」

「そんなに子どもが欲しいんですか⁉」

「ふえっ⁉」

千里さんは、ソファからずり落ちた。

そして、ふわふわの絨毯に両手をついて四つん這《ば》いになりながら「俺、言い方間違えてた？　なんでいきなり子作りの話？　いや、子作りしたいけど、そんないきなり、けだものみたいなことを言ってないし、俺なりにすごく誠意を込めてたし」とぶつぶつひとりごとを言った。

「……千里さん、ちょっと座ってもらっていいですか」

「はい」

お隣に、しょんぼりした大型犬が戻ってきた。

「あの……申し訳ありません。わたしは、こんなことを言うのは恥ずかしいんですけど、男性ときちんとお付き合いをしたことがないんです。中学生の時に彼氏がいたけど、三ケ月くらいでギクシャクして別れちゃって、それからは全然そういうのとは無縁で」

「そうなの？　こんなに可愛いのに？」

イケメンに真顔で驚かれて、わたしは「すみません、本当です」と首をすくめた。

「だから、千里さんの意図を誤解しているかもしれません」

「俺の意図を？」

「はい。あの、まずは……」

わたしは勇気を振り絞って「千里さんは、わたしのことをどう思ってますか？」と尋ねた。

「自分のことをお兄さんって言ってたし、妹分なのかなあって思ってたんですけど」

「えっ、違うよ。そうじゃなくて」

千里さんはわたしの顔を両手で包んで言った。

「俺は奈々子のことが好き。他の男に渡したくないし、ずっと一緒にいたい。可愛いから悪い虫がつくんじゃないかってすごく心配。だから、世界中に奈々子は俺の彼女だって知らせたいし、できれば俺のお嫁さんだと知らせたい。だから、早く結婚式をしたい！　すごいやつ！」

わたしは、再び固まった。

顔がものすごく熱い。

今、千里さんが、わたしのことを……好きって言った？

「それは……子犬的な気持ちですか？」

千里さんの顔がものすごく近づいた。

「女の子的な気持ち！　犬じゃなくて奈々子を女性として俺のものにしたいの！　……キスしたい。キスしていい？」

わたしは五回くらい瞬きをしてから、小さな声で「はい、わたしも、好きです」と答えた。

「あの、実はわたしも、千里さんのことを……出逢った時から意識していて……ん？」

あれ？

告白してるのに千里さんの反応がない。

と、わたしの顔を挟みつけている両手が震えた。

「千里さん、聞いてます？」

「もちろん、この上なく真剣に聞いているよ。ちょっと確認したいんだけど、今の『はい』は、どういう『はい』なのかな」

めっちゃ真剣な表情で尋ねてきた。

ああ、やっぱり千里さんは顔がいい。

何度見ても顔がいい。

この人と結婚したら、この顔を毎日好きなだけ見ていられるのだ。なんというパラダイスだろう。

それどころじゃない状況なのだけれど、美形さんのアップに視線が吸い込まれて、ついでに魂も吸われてしまいそうになる。目を逸らしたくても、大きな手でわたしの頬を、というか顔をがっつりと固定されているので、逸らすことができない。

「どういう『はい』って、それは……」

どうもこうもないと思うんだけど。

さっき、好きだってちゃんと言ったよね？

わたしの頬を挟んでいた手が、頭蓋骨《ずがい》をつかんでいるという表現の方が合うくらいに、がっしりと包み込んだ。

「それは、俺のことを好きだっていう意味の『はい』なのか、キスしていいの『はい』なのか、俺にとってはどっちでもすごく嬉しいんだけど、どっちかわからないから今リアクションに困っています！」

「そっ、そうですか！　ねえ、顔が近いんですけど」

迫り来る美貌に、魂が震える。

けれど、興奮気味のイケメンはわたしを逃すつもりはない。

「どっち？　ねえ、どっち？　今すぐ奈々子にキスしていいの？　好きでもキスでも、この際行動は一緒でいいんだよね？」

「ええええ、ええっとー」

うわあ、キスして欲しいだなんて、そんなこと恥ずかしくて言えないよ！

「それは、その……とりあえず今は駄目、って言うのもありですか？」

「なし！　駄目って言うのは駄目！」

それじゃあ聞く意味ないじゃん！

いやでも、ヤバい、照れる！

「でも、そんなの恥ずかしくて……キスとか言われると、わたし、照れちゃって……」

わたしが身悶えながら言うと、千里さんは顔を伏せて「くううううーッ！　うッ！　うッ！」と呻いた。

「これが日本が誇る『萌え殺し』か！　男心をくすぐる可愛さに、きゅんとくるようなあざとさが程よく加わって、俺の理性がバッキバキに破壊されていくんだけど！　奈々子が可愛くて死ぬ一歩手前！」

わたしの顔をつかんだまま（変形したら困るので、そろそろ離してほしい）ぐぬうっ、とか、むふうんっ、とかいう怪音を発していた千里さんは、犬っぽく鼻息を荒くしながら言った。

「それじゃあ、俺は、奈々子にちゅーするから！」

「ええっ？」

「キスが駄目ならちゅーだ。いいよね？　ちゅーはキスじゃないから大丈夫だよね？」

千里さんはそう言うと、わたしのおでこに唇を押し当ててちゅっと音をたてた。

「どう？」

「だい、じょぶ、です」

わたしが必死で答えたのに、彼は「うわあああっ、真っ赤な顔からの上目遣いとか、俺はもう、俺はもう！」と叫んでから、おでこにちゅううううーっと長いちゅーをした。

そして、ほっぺたにもした。

そして、耳元に……。

「あっ、やん、そこは駄目」

くすぐったくて身をよじると、千里さんに火がついてしまった。

「奈々子が、初々しい奈々子が、そんなえっちな声を出したら駄目だろ」

「ひゃあっ！」

ソファに押し倒されてしまった。

「だって、耳は駄目なんです、くすぐったくて……ああん、駄目って言ってるのに！　あっ、いやあ！」

耳元を大型犬にむふむふされて、わたしは悲鳴をあげた。

「舐めちゃ駄目ぇ、やん」

「奈々子がエロいのがいけないんだ」

掠《かす》れ声で耳元で囁かれて、寝ているのに腰が抜けそうになる。

エロいのは絶対に千里さんの方だ、ギルティ！

押し倒されたわたしは身の危険を感じて、千里さんに言った。

「誤解です、耳が弱いのでくすぐったくて変な声が出ちゃっただけですから。お願いだから、こういうのはゆっくりにしてください！　わたしの経験レベルは中学生並みなんです、ちょっと怖いんです」

二十五歳なのにビビりでごめんなさい。

半泣きになったわたしは、千里さんの頭をわしゃわしゃかき回した。

「……くすぐったいところは性感帯なんだよ、奈々子。ねえ、もう少し大人の階段を登って、立派な柴犬になろうよ」

「いえ、豆柴の成犬ですからこのままで結構です。というか、豆柴は柴犬にはなりません」

「そうか、それなら立派な豆柴になろう。あ、奈々子の匂いがする……」

彼は首のところを顔を埋めて、くんくんと匂いを嗅《か》ぐ。犬の本能なのかもしれないけれど、わたしはパニックだ。

「首の匂いを嗅ぐのはやめて！　ってゆーか、待て！　待てのできない人とはお付き合いできませんから！」

その言葉を聞いて、千里さんは頭をあげた。

「そんなのやだよ。せっかく奈々子と付き合えるのにもう破局だなんて。俺は奈々子のことをお嫁さんにしたいんだよ」

「ならば、待て！」

「はい」

ソファの上でわたしにのしかかっていた千里さんは、身体を起こしてソファに正座した。

「奈々子、いい考えがある」

「なんですか？」

「奈々子が俺にキスすればいいと思う」

「ええっ！」

イケメンが、とんでもないことを言い出したんですけど！

「そうすれば、奈々子のペースで進められるから、あんまり怖くないでしょ？　経験が全然……あまりないのに、男にのしかかって来られたらビビるよね。だから、奈々子がのしかかって来ればいいよ」

それは斬新な解決法ですね！

でも、さらにハードルが上がった気がしますよ。

無言を肯定と取ったのか、千里さんはわたしに手を伸ばすと抱きしめて、そのまま後ろに倒れた。

「さあ、俺にキスして」

キスしてって言ったくせに、笑顔の王子様はわたしの後頭部に手を添えるとそのまま引き寄せて、唇を合わせた。

「んーっ、んーっ、んーっ！」

息ができない。

目をぎゅっとつぶったわたしの顔は、千里さんの顔に押しつけられて、唇同士が合体してしまった。ということは、至近距離に鼻があるということなのだから、うっかり息をすると鼻息がダイレクトにかかってしまうのだ。

このまま息を止めていると、窒息死する未来しかない！

わたしは横になった千里さんの顔の両側に手のひらをついて、なんとかこの恐ろしい攻撃から逃れようともがいた。

ふわふわして安定が悪い。

ソファの上で、千里さんにまたがっているわたしがもがくと、全身を彼の身体にこすりつけてしまう結果になってしまう。

胸とかね！

お腹とかね！

ヤバいよね！

ふと、彼の手が緩んだ。

その隙に顔を離して、新鮮な空気を吸い込む。

「ぷはあっ、死ぬかと思った！」

上半身を起こして、お尻に敷かれた千里さんを見ると、彼はなんとも言えない顔で呟いた。

「……俺も、イっちゃうかと思った」

「え？」

「奈々子の大胆さに翻弄されるかわいそうなおっさんに、愛の手を」

「え？　どうしたの？」

「好きな女の子にこんなことをされたら、刺激が強すぎて、もう……」

うわあ、そういうことか！

さすがのわたしも、察した。

半分口を開けた彼は、頬を赤くして目を潤ませながら「ふう……」と色っぽく息を吐いて、わたしに目で訴えた。

「奈々子……」

うわあああ、これは真っ昼間に見ちゃ駄目なやつだ！

なんかもう、お色気が強すぎて、鼻血が出そう。

刺激が強いのは、千里さんの顔だと思うよ。

また呼吸困難になりそうだよ。

彼は切なそうにため息をついた。

「奈々子ってば無防備に、あんなところとかこんなところとかを激しくこすりつけるんだもん。そんなことをされたら男はたまんないでしょ……ん……つらい……」

その顔はヤバいからやめて！

あと、激しくこすりつけるとか、痴女みたいな言い方もやめて！

「もう、豆柴め……可愛かったらなにをやっても許されると思うなよ。夜になったら覚えてろよー」

「怖いことを言わないで、うわあ」

突然、長い脚がわたしの身体に絡みついてきたので、わたしは慌てて逃げようとしたけれど、まんまと捕まってしまった。頭を抱きしめて、ついでに髪をわしゃわしゃされた。

「ここまで煽《あお》られたら、俺もがんばっちゃうからね？　いいんだね？」

なにを？

って、やっぱり、アレを？

いや待て、今日付き合い始めたばかりだよ？

わたしは千里さんの胸に顔を埋めながら、きっぱりと言った。

「いえ、誤解です。これはあくまでも事故であり煽っているわけではありませんので、あまりがんばらない方向でお願いします」

「やだよ」

そう言って、わたしの頭を捕まえた千里さんは、唇にちゅっと音を立ててキスをした。

「この豆柴はもう俺のものだからね。今夜は思いきり可愛がるんだ……」

ぺろっと唇を舐められた！

犬か！

あ、犬だった……。

「本格的にキスしちゃうと、そのまま暴走しちゃいそうだから、今はこれで勘弁するけど」

「本格的と言いますと……」

イケメン王子が、にやりと悪い顔で笑った。

「ねっとりと舌を絡め合わせて、そのまま身体が溶けて腰砕けになるようなやつ。俺が手取り足取り教えてあげるから、楽しみにしててね……もちろん、その先のこともね」

「ひえええええ」

動揺したわたしが腰を抜かしたお婆さんのような声をあげてもがくと、千里さんは「だからそこで動いたら駄目だってば！」と言いながらわたしの腰をぐっと身体に押しつけた。

「ほら、こうなっちゃうんだから。奈々子のそれは、無自覚に交尾を誘っています」

「うえええええっ、交尾って言った！」

「きつきつだ……奈々子パワーはすごいね、お兄さんのお兄さんがこんなに元気になっちゃったじゃん」

え、待って。

わたしの、脚と脚の間にある、ちょっと口に出せないような場所が、千里さんの口には出せない場所に当たってるんですけど。

なんか、固くて盛り上がってるんですけど。

ええっ、なにこれ、なんでこんなに固いものが身体の真ん中にあるの？

わたしの知ってるのとは違う！

あああああ、わたしの知ってるのは、弟の蒼太が幼稚園の時のやつだから！

園児さんのアレは、ちっちゃく可愛くぶら下がってたから！

「今夜は寝かさないよ」

わたしが口をぱくぱくさせていると、千里さんが噴き出した。

「嘘。奈々子が望まないならなにもしないよ。俺はようやく手に入ったこの豆柴が大切なんだ。一生大事にするから……結婚してね？」

腹筋を使って起き上がった千里さんは、わたしにちゅっと口づけた。

「可愛いね」

今度は抱きしめて、頭のてっぺんにちゅっとした。そして、頬擦りする。

「可愛い可愛い、俺の奈々子。誰のものかわかるように、首輪を買いに行こうね」

「首輪⁉」

「あ、間違えた。指輪を買いに行こうね」

千里さんはわたしの左手をとると、薬指の付け根を舐めた。

「ここにリングをつけるのは、ちゃんとプロポーズしてからだけど、右手ならいいよね。とりあえず、今日から毎日二十四時間、予約済みのリングをつけてね」

「舐めないでください」

「えっ、噛んでいいの？」

「そんなことは言ってません！」

「それじゃあ、さっそく買いに行こう！　夜にお付き合い記念のディナーを食べたら、和樹んとこに行こう！」

「聞いてないし！」

「なにが食べたい？　フレンチ？　懐石料理とか、和食系？」

「では、和食で」

「海藻を食べよう」

鏑木さんの言ったことを、まだ気にしているようだ。

ということで、わたしたちはじゃれあいながら、銀座へお出かけする支度をした。

うちのわんこは、銀座が好きなのである。

困った。

ランチや定食ならともかく、銀座のディナーで懐石料理を食べに行くのにふさわしい服がない。

ストーカーに追われるようになり、慌てて当座の荷造りをしたから、通勤服と普段着しか持ってこなかったのだ。靴は例の、義父が開発したスニーカーで、パンプスですらない し……バッグなんて、通勤用と買い物用のエコバッグだ。

エコバッグで懐石料理とか、考えたくない。

これは、通勤用の服で行くしかないかな……会社の接待みたいになっちゃうけど。

と、部屋のドアがノックされた。

「奈々子、懐石料理の美味しそうな店をリザーブできたよ。で、着て行く服は大丈夫?」

「……すみません、大丈夫じゃないです」

わたしはドアを開けて、千里さんを見上げた。

「仕事の延長みたいになっちゃうけれど、通勤服でいいですか?」

わたしがしょんぼりと返事をすると、千里さんは「いいよいいよ、全然気にしないで! そうだ、指輪も買うことだし、せっかくだから、ごはんの前にデパートに行っていろいろ揃えちゃおうよ。俺が豆柴のファッションコーディネートをしてあげるから、大船に乗ったつもりでいてよ」と笑った。

「タクシーを呼ぶから、そのままの格好でもいいよ。そうだ、俺も奈々子に合わせたコーディネートを揃えようかな。普段はデニムパンツだから、会社用のスーツくらいしかないんだよね。破れてるやつで懐石料理を食べに行ったら駄目だよね」

「あまり良くありませんね」

なんだ、わたしと同じだわ。

ってことは、千里さんのファッションコーディネート……大丈夫なのかな？

「あと持っているのはフォーマルな燕尾《えんび》服と、ハロウィンで着た白うさぎの着ぐるみとか」

「え、なぜにうさぎ？」

いや、燕尾服姿の千里さんはめっちゃ見たいんですけど、その前にうさぎに食いついてしまうよ。

カボチャじゃなくてうさぎ？

「みんなで不思議の国のアリスをやったんだよ。こっちで着たらうけるかと思って、捨てないで持ってきたんだけど」

いやいや、それは処分していいと思うよ。

「忘年会でどうかな」

「……日本の忘年会では、仮装をする風習がないので、いつものスーツが適切だと思います」

鋭い視線で部下に指示を出す敏腕な高塚部長が、白うさぎの全身着ぐるみを着て現れたら、会社がパニックになると思う。

だが、イケメンな白うさぎさんには会ってみたいので、ぜひともうちの中で着てもらいたい。

爽やかな白シャツにダメージの入ってるジーンズ（ボロボロなのが落ち着くそうだ）の千里さんは、スマホでいつものようにコンシェルジュに連絡をしている。

部屋のインターホンでも連絡できるが、手元にスマホがあるからいつもそっちを使っているそうだ。わたしのスマホにも、千里さんがコンシェルジュへの連絡先を登録してくれた。メールを使って毎日の買い物も頼めるし、共働き世帯にはありがたい存在である。

あ、わたしったら、もう結婚する気満々でいる！

やだ、照れる！

ひとりで照れてにやついている間にも、千里さんがスマホで話している。

「……そう、それからディナー用の服とか靴とかバッグも買いたいし……あ、そうなんだ、デパートが便利でびっくりだよ。それなら頼もうかな。三十分後くらいに来てもらえるようにして。よろしくね」

電話を切った千里さんが「コーヒーのお代わりを淹れようか」と言った。

「コンシェルジュの加藤さんに、このマンションの人が行きつけのデパートを紹介してもらったんだけどね。そこのデパートから車を出してくれるらしいよ」

「……え？」

「ここの家電とかベッドとか家具とか、カーテンなんかもそのデパートで買ったから、向こうは俺の名前をもう知ってるし。ほら、メガネを買ったあのデパートだよ」

老舗のデパートである。

「ああ、そういえば、店員さんが千里さんの苗字を呼んでましたよね」

そっか、千里さんはデパートのお得意さまだったのか。

あまりにイケメンだから、店員さんたちに知られているのかと思っていたよ。

「デパートって、送り迎えをしてくれるものなんですね」

「うん、便利だよね。普段着しかないって言ったら、専用の入り口があるから気にしなくていいって。今日は服とか指輪と、ついでに炊飯器も買ってきちゃおうよ」

いきなり生活感が出たね。

でも、炊飯器も大切なのだ。

「あとは、なにか必要なものはあるかな。化粧品とかでもいいし……女の子の日用品ってなんだろう？　俺は兄貴しかいないから、若い女の子に必要なものはよくわからないんだよ」

「大丈夫だと思います、ありがとうございます」

話をしながら、彼はコーヒーをドリップしてくれる。

どうやら女性と暮らしたことがなさそうなので、わたしは少しほっとした。

デパートが出してくれた車は、タクシーではなくハイヤーだった。

うん、もう驚かない。

穴の空いたデニムの千里さんは、涼しい顔でわたしに続いて車に乗り込む。わたしはワンマイルウェアにスニーカーだ。デパートに行くのにふさわしくない格好だけど、別に気にしなくていいらしい。千里さんはどんな服を着ていても、姿勢が美しいのでモデルのように見える。わたしもせめて、背筋だけは伸ばそうと思う。

「会社につけて行けそうな指輪が欲しいって頼んであるけど、奈々子のお気に入りのブランドがあれば取り寄せてもらえるから言ってね」

「ブランド、ですか」

「俺は時計とかアクセサリーとかはあまり興味がないからよく知らないけど、女の子はそういうのに詳しいんじゃない？」

「そうですね……会社の女性に、ブランド品を集めるのが好きな人はいますけど、わたしはあまり知らないです。使いやすくてシンプルなものがあれば、ブランドにはこだわりません」

「じゃあ、いろいろ見て決めようね」

「はい」

「派手だといけないから、ダイヤモンドにしてって言ってあるけど」

「うおい！」

思わず突っ込んだ。

透明だから地味だと思ってるのかな！

「でも、欲しいのが一番だから、色のついたやつでもいいよ。ルビーとか？　青いやつとか？」

「ええと、石がついてなくてもいいです」

「大丈夫だよ、大きめの石がしっかりと付いてるやつなら、仕事中に外れて落ちないし、万一落ちても拾いやすいよ」

怖くて落とせませんよ。

「とりあえず、適当なやつを選んで、新しく使いやすいやつをデザインしてもらう？」

宝石を適当に選んじゃうの？

「そんな、婚約指輪でもないのにフルオーダーとか、しなくていいですから」

「そうだ、ダイヤを並べて豆柴のシルエットっぽいやつを作る？　思いきって、俺たちで豆柴ジュエリーブランドを立ち上げるか！」

「思いきりすぎですよ。犬から離れましょう。あと、ブランドの立ち上げとか、千里さんなら本当にやりそうで怖いんですけど」

「会社を作るのは得意だよ。ワニのマークとかジャガーのマークとかあるんだから、豆柴のマークがあってもいいと思うよ。あなたの指に豆柴を」

お金持ち様の考えることは、予想を遙かに超えてくる。

そして、豆柴デザインの指輪がちょっと欲しくなってきた……。

「いらっしゃいませ、高塚様。お越しいただきまして、ありがとうございます」

わたしたちの乗るハイヤーがデパートの裏の方にある（でも、ちょっと小綺麗な）入り口につけられて、車を降りると女性の店員さんに出迎えられた。

「お嬢様、初めまして。わたくしは高塚様の担当をさせていただいております、上野《うえの》と申します」

店員さんが頭を下げたので、わたしも「御子柴と申します。よろしくお願いします」と頭を下げる。

「こんな服装で申し訳ありません」

わたしが恐縮すると、上野さんはにこやかに言った。

「いえいえ、どうぞお気になさらずに。御子柴様にご満足いただける素敵な服をご提供できることを、わたくし共は大変楽しみにしております。ごゆっくりお寛ぎながら、いろいろな服をご覧くださいませ。それでは、こちらへどうぞ」

上野さんの案内で、わたしたちはデパートの中の通路を通り、サロンのような場所に到着した。他のお客さんにまったく会わないので、特別なルートのようだ。

そう、着いたのはお店ではなくてサロン、なのである。

ソファとテーブルが置かれた広い個室で、ハンガーに服が数着かかり、ケースに入ったアクセサリーも、バッグも靴もすでに置かれている。端にあるカーテンが下がったところは試着する場所であろう。

　お得意さまは、こんな素敵なお部屋でゆっくりと買い物ができるらしい。

「店内にある店から取り寄せることができますので、よろしければケーキやお茶などはいかがでしょうか？　後ほどお食事に出かけられるとのことですが、軽いものならばと思いまして」

「ケーキを……いいんですか？」

　驚くわたしの横で、まったく平常運転の（ぼろぼろデニムを履いた）千里さんが「なににしようかな」とさっそく注文する。

「それならね、俺はコーヒーと、ちょっと摘めるフィナンシェとかのバターケーキがいいかな」

　スイーツが好きな千里さんは、いろいろ詳しい。

「あ、シンプルなショートケーキも食べたい。奈々子は？　おなか大丈夫？」

「わたしは……紅茶とケーキ、かな」

　ふふふ、スイーツは別腹なので、いつでも食べられるのです。

　上野さんはにこやかにタブレットを操作した。

「それではこちらの店でよろしいでしょうか？　イチゴのショートケーキが評判のカフェでございます」

　上野さんが「わたしもこのケーキはお勧めなんですよ。何度か美味しくいただきました」とメニューを見せてくれる。

「わあ、綺麗なショートケーキ！」

イチゴがたくさん挟《はさ》まっていて、生クリームがとってもミルキーだという自慢のショートケーキは、なんとか卵という特別に美味しいブランド卵を使って焼いたスポンジケーキが黄色くて、赤、白、黄色とカラフルでとても美味しそうに見えた。

このケーキは、テレビで紹介されていたのを見たことがある。

それを差し出されたら、食べないわけにはいかない。

「美味しそう……わたしもこれにします」

「こちらのダージリンティーが、ショートケーキと一緒によく注文されるそうですよ。とても香りの良い茶葉を使っていて、ふわっと華やかな香りでケーキを引き立てるということです」

「ぜひ飲みたいですね」

わたしはショートケーキとダージリンティーを頼んだ。

千里さんも同じケーキと、「俺の好きな豆があった」とマンデリンというコーヒーをホットで注文する。

「焼き菓子の専門店からも、いくつかお取り寄せいたしますね」

わたしは『わーい！』と心の中で喜んだが、お茶をしに来たわけではないのだ。

というか、このデパートのＶＩＰへのサービスがすごい。

こうやってお茶とケーキでのんびりしながら、たくさん買い物をしてしまうのだろう。

ワゴンに乗ってケーキが届いたので、まずは美味しいうちにと平らげた。さすがは有名なケーキだけあって、真っ赤に熟れた甘酸っぱいイチゴとコクのあるクリーム、ふんわりと優しい風味のスポンジのトリオがなんとも言えない美味しさを奏でている。

この場でショートケーキの歌を作ってしまいそうだ。

「これは美味しいね。気に入ったよ」

千里さんがおとなしくにこにこしていたので、彼が『ショートケーキが美味しい喜びの踊り』を踊り出したらどうしようと心配していたわたしは安心した。

「まずは、お洋服から参りましょうか」

用意された秋冬物の服は、どれも品が良く上質で、わたしの体型に合っている。つまり、タワマンのコンシェルジュはわたしのサイズをお見通しで、それがこれからも続くというわけだ！

ボディメイクをしっかりと続けようと思う。

千里さんの見立ては、幸いなことにとてもセンスが良かったので、わたしは彼のアドバイスに従って着回しのできるアイヴォリーのツーピースを選んだ。そこに、淡いブラウンの柔らかな生地のコートを羽織ると……これは豆柴カラーじゃない？

「そういたしますと、こちらのバッグがよろしいかと思います。これは今の流行の形で、ファー使いが可愛らしくて人気のある品でございます」

店員さんが薦めるのは、白い革のおしゃれなミニトートバッグで、取手の部分とかぶせがブラウンのフェイクファーになっていて……ええっ、これも豆柴！

なんなの、みんなで狙っているの？

「御子柴様は、カーキ系よりも温かみのあるブラウン系がお似合いですね」

ファッション担当の店員さんに「メイクの時にも黄色みの少ないお色を選ばれると、お顔映りがよろしいですよ」とアドバイスを受けた。

豆柴色が多くなるのはわたしのせいだったのね。

まさか、靴までは毛が生えてないよね？

大丈夫、靴は普通のベージュのパンプスだった。

「俺はこれにしようかな」

千里さんが選んだのは、白のカットソーにブラウンのパンツ、そして濃い茶のチェスターコートである。細身のラインがすっきりしていて、髪の毛の色が明るいブラウンの千里さんによく似合っている。靴は焦げ茶の革のスニーカーで、ちょっとラフな感じがおしゃれである。

うん、もういいよ。

うちらは公式豆柴カラーカップルとして、豆柴の色を普及させていこうと思うよ。

これで終わりと思いきや、ペパーミントグリーンのワンピースと、サーモンピンクのニットスーツと、黒にピンクのラインが可愛い痩せて見えそうなジムウェアとトレーニングシューズも試着して、すべて購入することになった。

これでボディメイクもバッチリなのである。

ついでに、炊飯器も決めた。

釜が厚くてふっくらと立ち上がったお米が炊ける、最新式の炊飯器である。使うのが楽しみだ。

さて、ここからはアクセサリーの時間となる。

わたしの首にはすでに、大粒のパールが五つ並んで間に小さなダイヤが光る、シンプルだけど可愛いデザインのネックレスがつけられている。千里さんが即決したものだ。

「これなら今日買ったどの服にも合わせやすいから、ひとつあると便利だよ」

「ありがとうございます」

「じゃあ、次は指輪ね。どれにする？」

ケースにずらっと並ぶリングを見て、わたしは『うわあ、値札がないところが怖いんだけど……』と恐れ慄いた。

どれもさほど華美ではないので、会社につけて行けそうだとは思うけれど、ダイヤが大きい。

「千里さん、これはファッションリングにしては豪華な気がするのですが」

婚約指輪にしてもいいくらいの指輪に、わたしは躊躇《ちゅうちょ》したのだが。

「これ……いいな……」

金のリングにエメラルドカットのダイヤモンドが埋め込まれるように入り、その両サイドには横に真っ直ぐ、五つずつ丸い小さなダイヤが並んでいる。四角いカットのダイヤモンドと直線的なデザインなので甘さが抑えられているし、きらりと光る小さなダイヤたちが適度に華やかだ。

「こちらはピンクゴールドのお色味なので、お肌に馴染みやすい指輪です。石も良いものを使っておりますので、きらめいて美しいですね。高塚様、どうぞお手に取って、御子柴様にお試しいただいてください」

宝飾の担当の店員さんに勧められて、わたしの右手の薬指に、千里さんの手で指輪がはめられた。

「……なんか照れる」

思わずそう呟くと、千里さんはわたしのほっぺたをつついて笑った。

「いいじゃん、似合うよ」

「うん、すごく綺麗ですね」

大きな鏡を向けられたので、ツーピース姿のわたしは手の甲を写してみた。綺麗だけど派手ではない、素敵な指輪だ。

「気に入ったかな」

「はい、とても気に入りました」

「俺もいいと思うよ。なるほど、四角いカットもいいもんだな」

千里さんがそう言うと、宝飾の店員さんがすかさず小さなケースに入った指輪を差し出してきた。

「こちらは、プラチナに大粒のダイヤモンドのみがセットされた、男性用のリングになります」

「……ペアリングだ！」

千里さんの瞳が輝いた。


はい、二点ともお買い上げになりました。

さっそくリングを付けると、カッコいい豆柴ファッションの千里さんは『奈々子とペアリングをつけた喜びの踊り』を踊ってしまい、店員さんたちに「おお……」「素晴らしいステップです」と拍手をされてしまったのだった。


せっかく素敵な服を買ったのだからと、着替えたわたしたちはハイヤーを断り、デパートを後にすると銀座の街を散歩した。

買ったものと脱いだ服や靴は、もちろんコンシェルジュのところへ直送である。

お揃いの指輪を付けたので、意識してちょっと浮かれてしまう。それは千里さんも同じみたいで、目はサングラスでよくわからないけれど、口元が緩んでいる。

そして、わたしの左手にはモフモフのファーのついた豆柴バッグ。

ふわふわの手触りが可愛い。

「いい天気ですね」

都内に住んでいると、あえて銀座に遊びに行くこともない。休みの日に友達と飲みに（わたしは食べる方がメインだけど）行く時も、おしゃれさよりもコスパを考えて上野とか門前仲町を選んでしまう。会社の帰りなら、会社の駅近の居酒屋になる。

今、気がついた。

銀座って、本命とのデートで行く街じゃない？

なるほど、わたしには縁がなかったわけだわ、あははは……ちょっと悲しい。

千里さんに拾ってもらったおかげで、こうして銀座デートができるのだ。ありがたや、ありがたや。あとで拝んでおこう。

その千里さんは、アメリカ帰りなので銀座のお店が珍しいらしい。

「今日は散歩日和だね……あ、ちょっと気になる店が」

きょろきょろと周りを見回していたかと思うと、興味のあるお店に突進していく。

「はいはい、落ち着きましょう」

引きずられても大丈夫なように、手は安定の犬の散歩つなぎである。恋人つなぎと言えないところが……でも、楽しいからいいのだ。

千里さんによると、好奇心を持つことはビジネスチャンスの発見につながるそうだ。皆と同じことをしていても収入に結びつかない。誰もやっていないことを最初に始めることが大切なのだという。

アイデアの後を追いかけるのなら、元のものよりも三倍以上は魅力的なものにしないと儲けにつながらないらしい。

会社の経営というのもなかなか大変そうである。

しばらく楽しいお喋りと共にウインドウショッピングをしていたのだが、千里さんのスマホに着信があり、「会社の部下だ、ごめんね！」と彼は少し離れたところで通話を始めた。

わたしは彼の視野に入る店で、ガラス越しに並んだ芸術品に見えるバッグ（収納力は無いに等しそうだ）を眺めていた。

「御子柴か？」

声をかけられて振り返ると、二度と見たくない顔があった。大学のサークルの、滝田先輩だ。

指輪を外して独身のふりをした上に、わたしを騙して強いお酒で酔い潰そうとした、クズだ。

真っ当な社会人であるわたしは、内心をむき出しにしたりはしないのだ。世界一憎まれている、とある虫に対するような気持ちを表情に表さないようにして、わたしはクズ先輩

る。

思いきり感情が漏れていたようだ。しかし、クズ相手だから仕方がないというものであ
「なんだよ、変な顔をして」

を無言で見た。

「いえ、こいつは大学の後輩なんですよ。まあ、一言で言えばビッチですね」

わたしが冷たく言うと、彼の連れている男性が「滝田、どうした？」と声をかけた。

「よくもまあ、声をかけられたものだと感心していますよ」

妙に大きな声を出すクズは、どうやらもうお酒が入っているようだ。

「おい、なんてことを」

諫《いさ》める男性は、どうやら常識的な人物と見える。

「いいんですよ。サークルの仲間内じゃ、俺には頭の上がらない馬鹿女っすから！」

クズ先輩がどうやら職場のちょっとだけ上司らしいその男性に、有る事無い事自分に都合の良い説明を始めた。酔った勢いで大きな事を言う人物を、その人は軽蔑《けいべつ》しているらしくて、不快そうな表情になっていく。

すっかり呆れたわたしはしばらく無言でクズの話を聞いていた。

まだ夕方なのに、クズ先輩はすでに顔が赤くてお酒臭い。

こんな道の真ん中で女性の悪口を、しかも品のない言葉を使って言うところを見ると、酔っ払って気が大きくなっているのかもしれない。

いや、上司の男性に自分を大物だと思わせようとしているのか。大学時代の自分がいかに素晴らしくて、わたしなど下僕の一人に過ぎない、みたいな話も混ぜ込んでいる。

そういえば、先日の夜も、酔いが回るに連れて図々しく馴れ馴れしくなって閉口した。酔ってるくせに、変な小細工だけはできたところが余計に腹が立つ。

冷たい視線でクズ先輩を見て、わたしを貶《おとし》める言葉になにも反応しないわたしを、上司らしい男性は怪訝そうに見た。

「いや、お前の話はおかしいだろう。この女性はきちんとした方のように見えるが……」

「騙されちゃあ駄目ですって！　どうせ男に色目を使って、お金を巻き上げて買ったんでしょう、ほら、こんな女の癖に高そうな指輪までして……」

クズ先輩がわたしの右手に手を伸ばしてきたので、わたしは後ろに下がって避けた。

「そんなものは御子柴には似合わないから、俺に渡せ」

「ふざけるのも大概にしてください」

わたしは毅然《きぜん》として言った。

千里さんとのペアリングを悪く言うことは許さない。

「滝田先輩の会社では、既婚者が独身だと偽り、女性を騙して酔い潰そうとすることが許されるほどコンプライアンスがゆるゆるなんですか？　しかも大通りで下品なことを大声で喚《わめ》くし、最悪ですね。袖にされたのがそんなにこたえましたか？」

わたしの言葉に、先輩の上司は「んなっ」と驚きの声をあげた。

「滝田、お前は」

クズ先輩は怒りで顔を真っ赤にした。

「なんだと？　黙れ御子柴、てめえ……先輩に向かってそんな口のきき方をしていいと思っているのかよ！」

「もう大学は卒業したんですよ、滝田さん。先日のことはサークルの仲間にも連絡しました。滝田さんが結婚していることも周知させましたから、他の後輩女子に変な真似をしようとしても、もう誰も相手にしませんよ」

「ふざけんな！」

クズ先輩がわたしを打とうと手を振り上げたが、その手首はあっさりと摑まれてねじられ、背中を蹴《け》られた先輩は後ろにキリキリと腕を絞《し》められながら道路に這いつくばった。

「俺の大切な人に、なにしてくれちゃってんのかな？」

「千里さん！」

さっき買ったばかりのおしゃれな革製のスニーカーでぐりぐりと踏みつけられた先輩は「ぐええっ、いてえよ！」と悲鳴をあげた。

マンションのジムで筋トレしている千里さんには、全身にしっかりと筋肉がついているのだ。筋肉わんこなのだ。

「そこのあなた、この男の連れですね。あなたもこの男が先ほど、彼女の指輪に手を出そうとしているところを確認しましたよね？」

「あー、その……」

背の高い、迫力のあるサングラスのイケメンに低い声で尋ねられて、上司らしき人は口籠もった。

「まさか……あなたもこいつの共犯者とか？」

「ちっ、違う！　違いますよ！」

男性はおろおろと周りを見回しながら「僕は止めようとしていただけだから！　仲間じゃない！」と弁解した。

「そうですか。この男は指輪を強奪しようとして、さらには彼女に暴力を振るおうとした。これは犯罪です。この男は強盗傷害未遂犯として警察に引き渡したいと思います」

強盗傷害と聞いた先輩は、慌てて叫んだ。

「ち、ちがっ、この女が悪いんだ！　こいつが男から指輪を巻き上げたから、俺は正そうとしただけだ！」

「盗人猛々しいとはこのことですね。これは俺が最愛の彼女にプレゼントしたペアリングですよ。ほら」

千里さんがお揃いのダイヤモンドリングを（超得意げに）きらめかせると、少し離れたところから様子を見ていた人たちの間から「おおおー」とどよめきが起きた。

「なんだ、ドラマのロケか？」

「すんげえカッコいい兄ちゃんだもんなー」

「素敵な俳優さんだね」

いろいろと勘違いされている。

「女優さんのファッションも可愛いよ。あのバッグ、欲しいなあ」

ちょっ、いろいろと、違うから！

あと、照れる！

閑話二　御子柴家の人々

御子柴家の本日の夕飯は、チーズインハンバーグであった。

もちろん、大学生である長男の蒼太が作ったものだ。彼は現在、御子柴家の食事担当者であり、そのためにサークルやクラブには入っていないし、『ご飯作り手当』をたっぷりと貰《もら》っているのでバイトもしていない。

「うわあ、やったー！　今夜はご馳走だね」

病院から帰ってきた御子柴母が、「急いでシャワーを浴びて来ちゃうから、焼いておいて」と浴室に走る。

「おかん、ちゃんと湯船に浸かってあったまらないと、疲れが取れねーぞ」

「はーい」

息子に注意された御子柴母が、ご機嫌で返事をする。チーズインハンバーグは彼女の好物なのだ。

「おとんは遅いんだっけー？」

脱衣所から御子柴母が叫ぶと、蒼太は「ＬＩＭＯで『今夜はチーズインハンバーグだぜ』って送ったから、早めに仕事を切り上げてくるよ」と返事をして、大きな皿に千切りキャベツと櫛形に切ったトマト、そして斜めに切ったきゅうりを盛りつけた。

フライパンを火にかけてサラダ油を敷くと、御子柴母と御子柴父の分のハンバーグを焼き始める。

「ただいまー！」

玄関の鍵を開けて（と言っても、顔認証だが）帰宅した御子柴父が大きな声で言いながらキッチンに入ってくる。

ちなみに御子柴父は、結婚してから御子柴姓を名乗っている。カッコいいから気に入っているらしい。

「やったー！　この焼いてるやつ、俺の？」

わくわくしたおっさんが、フライパンを嬉しそうに覗き込む。

「そう。おかんが風呂に入ってるから、一緒に入ってきな」

「わかった、すぐ出る」

「ちゃんとあったまって、耳の後ろを洗えよ。加齢臭が枕カバーについたらおとんに洗濯させるからな」

「おう、俺はまだぴちぴちのダンディだからな、断固として加齢臭など出さんわ！　わははは」

頭頂部が少し寂しくなった御子柴父は、笑いながら浴室の方に去っていく。

御子柴家は郊外にある大きな一戸建てで、父が治療院を成功させてから新築したものだ。その時に、大きな（そして、壁にも床にも水滴が残りにくくて抗菌になっている上に、自動で浴槽が洗浄されるのでほとんどお風呂掃除の必要がないという最新式の）ユニットバスを入れたので、お湯に浸かりながらゆっくりストレッチをしたりマッサージができる。

もちろん、ふたりで入ることも可能なのだ。

蒼太は焼き色のついたハンバーグをひっくり返すと、蓋をして中まで火を通す。そして、ダイニングテーブルに箸とナイフとフォークを並べてセッティングする。生野菜にかけるドレッシングも置いておく。

慣れた手つきで白菜と玉ねぎとベーコンのスープをよそって、焼けたハンバーグも皿に盛り付けてテーブルに置く。

そして、両親の物よりもひと回り大きなハンバーグを自分用に焼く。部活動はやっていないが毎朝走って筋トレをしている蒼太は、まだまだ食べ盛りなのだ。

自分のハンバーグも焼けたら、フライパンの余分な油を捨ててからそこに赤ワインとケチャップ、ソース、チューブニンニクと生姜を加え、さらに醤油とみりんも入れて煮詰めてソースを作って、とろりとしたらハンバーグにかけていく。何度も作って味を改良したこのハンバーグソースはとてもご飯に合うのだ。

「おー、いい匂いでたまらんな」

「蒼太のハンバーグは、お店で食べるよりもずっと美味しいのよね」

湯上がりの子どもたち……ではなく、大人たちが頭を拭き拭きダイニングに来た。御子柴母が炊き立ての白いご飯を茶碗によそっていく。美味しいハンバーグを少しでも早く食べたいのだ。

みんなで声を揃えて「いただきます」をすると、無言でハンバーグ、ご飯、ハンバーグ、ご飯と口に運ぶ。

半分くらい食べてチーズインハンバーグに対する気持ちが落ち着くと、ようやく会話が始まった。

「おかんは、明日は夜勤だよな」

奈々子が家を出てから、それまでパート勤務だった御子柴母はフルタイムの仕事に戻っていた。

「うん。ちょっと出かけてから出勤するから、夕飯は外で食べるよ」

「わかった。カレーを煮ておくから、明けに食べて」

「うん」

「ブロッコリーを茹《ゆ》でて冷蔵庫に入れておくから、一緒に食べろよ。あと、福神漬けも冷蔵庫だから」

「わかった」

どっちがお母さんだかわからない。

「明日はカレーか」

カレーライスも大好きな御子柴父は、嬉しそうに言った。

「俺は、夜も朝もカレーライスでいいからね！」

「朝は目玉焼きを乗せるよ」

「やったー！」

いい歳をしたおっさんなのに、御子柴父はサンタさんにプレゼントを貰った子供のように笑った。蒼太は完全に家族の胃袋をつかんでいたが、そんな風に蒼太を鍛えたのは奈々子である。

「でも……そろそろ焼きそばが食べたいなあ。奈々子ちゃん、帰ってこないかな……」

御子柴父が呟いた。奈々子が実家に来ると、必ず焼きそばを作るのだ。

焼きそばに託《かこつ》けているが、義理の娘への愛が強い過保護な御子柴父は、そろそろ禁断症状が出てきているようである。

「姉ちゃんも、仕事が忙しいらしいからな。まあ、元気にやってるんじゃないの？」

「女の子の一人暮らしは物騒だから、うちから通えばいいのに」

御子柴父はぶつぶつ文句を言っているが、蒼太に「会社遠いよ」と一言で斬り捨てられる。

「でもまあ、姉ちゃんに後でＬＩＭＯしてみるわ」

「おお、そろそろ顔を出せって言っといてよ」

「オケ」

御子柴家のメンバーは、まさか奈々子がストーカーに狙われた上に男性と同棲して、おまけに結婚を前提としたお付き合いまで始まっているなどとは、夢にも思っていなかった。

「奈々子ももう二十五か。早いとこ彼氏のひとりでも作らないとね」

御子柴母がのほほんと爆弾を投げ込み、御子柴父は「そんな、まだまだ早い！　俺は許さないからな！」と言いながら千切りキャベツを勢いよく口に入れたのであった。

七　子犬カップル誕生！

右手を高く掲げて決めポーズを取る千里さん（え？　そのポーズに必要性はないよね？）の足元では、彼に踏まれたクズ先輩こと滝田先輩がうめいていた。

「違う、俺は強盗なんかじゃない……」

その横にしゃがみ込んだ滝田先輩の上司らしい男性は「滝田、早く謝れ！　お前のやったことは、酔っていたとはいえ犯罪に等しいんだぞ、このままだと警察に逮捕されるぞ」と焦《あせ》りながら声をかけていた。

「心から謝って、なんとか勘弁してもらうんだ。でなければ、警察官に手錠をかけられて連行されるぞ、そうしたらなにもしてやれなくなる！」

「た、逮捕？」

「そうだ！　お前が逮捕されたら、お前の嫁さんはどうなる？　今、お腹に子どもがいるんだろう？　父親が強盗未遂犯だなんて、生まれてくる赤ん坊はどうなるんだ？　それに我が社だって犯罪者を雇うわけがないから、お前はこのまま懲戒免職になることは間違いないし、企業イメージを傷つけたということで慰謝料を請求される可能性がある」

「……」

奥さんが先輩の赤ちゃんを宿していることを聞いて、わたしの頭に血がのぼった。

「奥さんが妊娠中に、独身のふりをして浮気をしようとするなんて……あんたってさいってい！　最悪！　男のクズ！　家族を、命をなんだと思ってるのよ！　赤ちゃんが生まれたら、滝田先輩はお父さんになるのに！　赤ちゃんのお父さんは、世界にひとりしかいないんだよ！」

わたしは、幼い頃に亡くなった父のことを考えて、ものすごく腹がたった。

「子どもと奥さんを残して逝かなければならない人もいるのに……なのに、子どもに恵まれて、自分が健康で生きているだけでありがたいはずなのに、浮気未遂に指輪強盗をしたの？　ふざけんな！」

わたしの強い言葉を聞いて酔いが醒《さ》めたらしい滝田先輩は、じたばた動くのをやめてぐったりと横たわった。

「俺は終わりだ……」

「自業自得でしょ。刑務所の中で、我が子が生まれたことを知りたいの？」

「いやだ……俺は……」

彼が反省をするのか、それとも逆恨みを始めるのかを見極めようと、様子を観察していると、滝田先輩がようやく「すまなかった、御子柴。俺は調子に乗って、許されないことをしてしまった」と謝罪を始めた。

地面に五体投地した姿勢のままなので、なんだかやっぱりドラマっぽい。

千里さんはようやく先輩の背中から足を下ろして「そうだ、許されないことをしたな。これを知ったら、お前の身重の奥さんやご両親や、今までお前の力になろうとしてくれていた人々がどう思うか、想像してみるんだな」と冷たく言った。

「ここは日本だが、アメリカだったら俺は、強盗としてお前に銃を向けていただろう。射殺されてもおかしくないことをしたと、本当にわかっているのか？　銃のない国に暮らしていることを感謝するんだな」

千里さんは心底腹を立てているようで、聞いたことのないような低くて怖い声をしている。

「すまなかった……申し訳ない」

のろのろと身体を起こした滝田先輩は、その場に土下座をして頭を下げた。

「もう二度とこんな馬鹿な真似はしない。この先一生、酒を一滴も飲まない。御子柴さんには不愉快な思いをさせてしまい、申し訳ありませんでした」

「滝田が本当に馬鹿なことをしました。でも、こんなやつでも、頼りにしている家族がいるんです。このことはこのわたしがきちんとこいつの家族に説明をして、以後決して間違いをしないようにさせますので、今回は寛大なお計らいをお願いいたします」

隣に座って、滝田先輩と同じように頭を下げる男性を見て、滝田先輩は「松江《まつえ》さん、俺……すみません、本当にすみません」と顔を歪《ゆが》めて涙を流した。それを見て、千里さんが滝田先輩に向かって初めて怖くない声で言った。

「そら、こんなに親身になってくれる人がいるじゃないか。こういう人たちに誇れるような人間になれよ」

「はい……」

滝田先輩は、鼻水まで流し始めている。

千里さんがちらりとわたしを見た。

「どうする？」

「奥さんとお腹の赤ちゃんに免じて、今回だけは許します」

ふたりの男性は「ありがとうございます！」と改めて頭を深く下げた。

千里さんはわたしの頭をひと撫でしてから、ふたりの男性に厳しい視線を向けた。

「奈々子が優しくて助かったな。俺だったら容赦なく刑務所にぶちこんでる。そうしたら、ふたりの身分証……社員証と運転免許証の写真を撮らせてもらおう。あとで担当の弁護士から連絡が行くからな。今回の顛末《てんまつ》と、これ以降、御子柴奈々子さんに一切関わりを持たないということを明記した念書にサインをしてもらう。もしも破ったら、即座に刑事告訴するからそのつもりでいてくれ」

「はい」

刑事告訴と聞いた滝田先輩がうなだれた。

「弁護士さん？」

わたしが尋ねると、千里さんは「弁護士と税理士とはずっと契約をしているんだよ。諸々の雑事に煩わされたくないからね。プロに任せるのが一番なんだ」と目を細めた。

「あの……それではこれで失礼します」

「ああ」

千里さんが頷くと、ふたりはすごい勢いで姿を消した。

ごたごたはあったけれど、頼りになる千里さんがきっちりと始末をつけてくれたので、わたしたちはデートの続きをして懐石料理のお店へと向かった。

今わたしたちは夕飯を食べながら、美味しい日本酒も楽しみつつおしゃべりをしている。かなり高級なお店で器も漆塗りなので、傷をつけないようにちゃんと指輪は外してある。

「奈々子は、中身は猛犬だけど、見かけは小さくて可愛い豆柴ちゃんだからな。人の表面しか見ない愚かな男に狙われやすいみたいだ」

中身は猛犬って酷くない？

あ、でも、この前滝田先輩に「あれ、御子柴ってこんなに気が強かったっけ？」なんて言われたっけ。見た目はおとなしくて、すぐに言うことを聞きそうに見えるのかもしれない。

そう千里さんに言ったら「おとなしい奈々子！　ありえない！」と爆笑されてしまった。

「わたしは可愛い子犬ちゃんですから」

憮然《ぶぜん》として言い返したら「うんうん、奈々子は俺の可愛い豆柴ちゃんだからね、少しくらいなら噛みつかれても我慢するからね」とまた頭を撫でられてしまった。

解せぬ。

「そうだ、例のストーカー関係のことも弁護士にすべて頼んであるから大丈夫だ。奈々子に一切被害がないように調整して、結果が出たらまとめて報告するよ。それまでは俺がずっと側で守るからね」

「ありがとうございます」

筋肉わんこは頼りになる番犬である。

「場合によっては、二度と奈々子の目に触れない場所に飛ばして閉じ込めておくから安心してね」

え、なにそれ怖い。

「あ、そんな顔しないでよ、命までは奪わないから」

「当たり前でしょ！」

「でも俺、奈々子になにかあったら、荒れ狂って根こそぎ刈り取る自信があるからなあ……」

「なにをどう刈り取るのかは聞きたくありません」

この大型犬が荒れ狂うことのないように調教していくことを、心に誓うわたしである。

刈り取るのは新米だけにして欲しい。

というか、ここのお食事は先付けからご飯、そしてお菓子まですべて美味しい。

いい店を見つけるのが得意なわんこは、わたしがそう言って褒めると激しく見えない尻尾を振った。

ちなみに、わたしは床の間の前の上座に座っている……飼い主だからかな？

懐石料理の店で食事を堪能した後に、わたしたちは予定通り、和樹さんの経営するバーへと向かった。

もちろん、タクシーで。

千里さんの話によると、大学生の時からの付き合いだという和樹さんは、単なるバーテンダーさんではなくお店の経営者だというのでわたしは驚いた。しかも、本業は不動産会社をしていて、銀座のバーが入っているビルも彼がオーナーなのだそうだ。

ビルを丸々持っているなんてすごい。

しかも、他にもマンションとか建物を複数持っているという。

わたしは『マンションは借りるもの』と思っていたから、その発想に驚いてしまったけれど……千里さんに会ってから、わたしの常識はかなり覆った気がする。

千里さんも不動産を資産として持っているし、売っちゃったけど会社も二つ成功させたのだから、優秀な人のところには優秀な人が集まるのだろう。

「いらっしゃい！」

千里さんが向かっていることを連絡していたので、千里さんと同じくらいに背が高く、すらっとした姿がモデルみたいにカッコいい和樹さんが、お店の前に立って待っていてくれた。

車を降りると、わたしに手を差し出して言った。

「早くふたりに会いたくて待ちかねちゃったよ！　豆柴奈々子ちゃん、また会えて嬉しい！　もう、本当に、来てくれてありがとうね」

「こちらこそ、またお会いできて嬉しいです」

笑顔の和樹さんが、握手する手をぶんぶんと振る。

イケメンにこんなに歓迎してもらえるなんて……と、わたしはじんと来てしまった。だが「御子柴です」と突っ込むのは忘れない。

「今夜はテーブル席をリザーブしてあるから、ゆっくり飲んでいって。あ、豆柴ちゃんは薄ーいお酒限定だけどね！　アルコールが弱くて美味しいお酒がたくさんあるから、楽しんでいってよ」

ご機嫌の和樹さんに案内されて店に入ると、奥の方に半分仕切られて個室っぽくなったテーブル席がある。そこに座ると、今夜はバーテンダーはお休みらしく、カジュアルなスーツを着た和樹さんが「もちろん、俺の奢りだよ」とウインクした。

お高そうなウイスキーのボトルセットと、わたし用のウーロン茶が運ばれると、和樹さんが「千里から軽く聞いてはいるけど、二人はお付き合いを始めたってことでいいのかな」と、丸い月のような氷の入った二つのグラスにオンザロックを、芸術的な手際で作り始めた。

そして、一つを千里さんの前に置く。

なんだろう、銀座という場所で接客業をしているせいか、和樹さんは話も上手いし所作も美しい。男性に美しいというのは変かもしれないけれど、なんとなく『貴公子風』なのである。

そして、おもてなしがとても心地よい。

この男性は、間違いなく、モテる！

「豆柴ちゃんには、ちょっとだけね」

「ちっさ！」

半分くらいのサイズのグラスに、小さなオンザロックが作られた。氷も月ではなくて星である。

「香りがいいから、味見だけでもね。本命はウーロン茶で」

そして、テーブルにはフルーツとチーズとナッツが色鮮やかに盛りつけられた皿が運ばれてくる。

「うわあ、綺麗！　お花畑みたい！」

わたしが喜ぶと、和樹さんは嬉しそうな顔をした。

「豆柴ちゃんは、素直で可愛いなあ」

「これは俺の豆柴だからな！」

隣に座った千里さんに、ぐいっと肩を引き寄せられた。見ると、ちょっと口を尖《とが》らせていて可愛い。

うちの大型犬、可愛い！

「はいはい、ラブラブでよかったね」

和樹さんはずっとにこにこ笑っている。

「そうだ、改めて自己紹介するね。俺は和樹・ミハエル・ラインハルト・藤崎《ふじさき》。千里とは大学時代からの付き合いで、愛妻の希理《きり》さんと、娘の絵麻《えま》との三人家族。よかったら、今度うちにも遊びにきてね」

わあ、名前が長い。

わたしが目をぱちくりさせていると、和樹さんは「母は日本人のストレートなんだけど、父が日本とドイツとロシアとフィンランドと……いろいろミックスしてるんだよ。割合とか、本人もよくわかってないらしい」と説明してくれた。

和樹さんは茶色の瞳で黒髪だから、彫りが深いハンサムな日本人にしか見えない。むしろ千里さんの方がハーフとかクォーターっぽいかもしれない。

「わたしは御子柴奈々子です」

「うん、豆柴ちゃんね」

「御子柴です」

安定のボケツッコミである。

「で、二人はどうなの？」

「千里さんとは、結婚を前提としたお付き合いをさせていただいています」

「そうかそうか、よかったな、千里！」

「おう」

照れているのか、珍しくぶっきらぼうに返事をする千里さんが可愛くて尊いです。

「おっ、ペアリングも買ったんだ。なかなか似合ってるじゃん」

「ん、まあな」

さっき、銀座のど真ん中で、見知らぬ人たちにドヤ顔でペアリングを見せていたくせに、和樹さんの前ではクールなふりをしてカッコつけているのがおかしい。

「千里がペアリングか……」

和樹さんは、なぜかしみじみと呟いた。

「豆柴ちゃん、千里はさ、この通りの見た目だし、仕事もできるし、おまけに性格もいいやつなんだ。だから当然のことながら、女性にモテる。お金目当ての派手な女性や、華やかな業界、モデルやらタレントやらまで寄ってくる。そんな千里だけどさ……自分からがんばったのは初めてなんだよね」

千里さんは、そっぽを向いてグラスを傾ける。

「こいつはもしかすると、結婚をしないのかもしれないなと思っていたんだけどさ」

まあ、なんでも外注できるし、綺麗なお姉さんが次々とやってくるなら、結婚をする必要性を感じないのだろう。

「豆柴ちゃんに会ってから、なんか目覚めちゃったらしくてさ」

「和樹、人を変態みたいに言うな」

わたしは思わず吹き出してしまった。

「だからさ。千里の本気は俺が保証するよ。どうかこいつを、よろしくお願いします」

和樹さんが深々と頭を下げたので、わたしも慌てて「そんな、こちらこそよろしくお願いいたします！」とさらに深く頭を下げて、テーブルでごんと音を立ててしまった。

「いったあ……」

わたしはおでこを押さえた。

「いい音がしたなあ」

和樹さんはあははははと笑い、千里さんは「おでこ見せてみろ。こぶができて……ないな。大丈夫そうだ」と言って、額にちゅっと口づけた。

って、千里さん！

人前で！

「千里はいつから豆柴ちゃんが欲しくなったの？」

「和樹さん、人を犬の子みたいに言わないでください！　あと、わたしは御子柴ですから！」

ワインクーラーを飲んでちょっといい気分になりながら、わたしはイケメンに抗議した。

「だって、千里がどうしても豆柴ちゃんが欲しいって泣くんだもん」

「泣いてないよ！」

「嘘だー、ここで叫んで営業妨害してたじゃん」

「いや、あれは……泣いてはいない」

「そうかそうか。で、いつから？」

「……なんか、ちっちゃくてふわふわしているのに威勢がいい女の子だなって思って……撫でくりまわしたいなーなんて思ってたらさ、酔い潰れて抱っこされちゃうんだもん。これはもう、うちの豆柴にするしかないから、すげー可愛がろう！　って思ったんだよ。あれだな、神様のくれた豆柴だな」

「だーかーらー、犬じゃないんですってばー」

「ひと言で言えば、可愛い奈々子に一目惚れってことだよ」

ちゅっと口を塞がれた。

和樹さんがテーブルに突っ伏した。

「うわー、千里がお砂糖製造機になるとはな！　正面からダメージを食らったわ」

くそう、希理さんにＬＩＭＯ送ってやるー、と言いながら、和樹さんはスマホをいじってる。

「お、希理さんが豆柴ちゃんの写真を希望してる」

「いいよいいよ、可愛いうちの子の写真を見てもらおうよ」

「きゃっ」

わたしは千里さんの膝に乗せられて、わたしの頭に彼の顎が乗った。

「はいはい、笑ってー」

そして、変なトーテムポールみたいな写真が和樹さんの奥さんに送られて、『いいな』『今度うちに遊びに来るように頼んでよ』『わたしも抱っこしたい』と返事をもらったのだった。

和樹さんの奥さん、感想が間違ってますよ！

その後も、三十歳を過ぎても仕事ばかりで、彼女も作らずにふらふらしていた親友に婚約者（あ、わたしのことね）ができたので、これで安心とばかりにとてもご機嫌な和樹さんと、そんな和樹さんの愛情のこもった視線を受けて、照れのあまりにツンデレわんこになる千里さんと一緒に、お喋りをしながら少し飲み、ほろ酔い気分で帰宅した。

マンションに着くと、出迎えてくれたコンシェルジュさんたちに、千里さんはやっぱり「ほらこれ見てよ、ペアリング！　俺たちは結婚するんだ！　まだプロポーズはしてないけどね、すごい婚約指輪を買って絶対にするから」とダイヤのリングを見せびらかした。

そして「それはそれは、ようございました」と温かい目で見守られながら、タワーマンションの部屋にエレベーターで上がる。

「ちょっと遅くなったから、さっさとお風呂に入ってしまおうよ」

千里さんはそう言って浴槽にお湯を張ると（お湯張りボタンを押しただけ）「豆柴のパジャマは？　あ、あった。俺のパジャマの隣にある……」と、ふふふと笑いながら脱衣所を確認する。

「着替えの下着を持っておいでよ。それとも俺が選ぶ？」

「なんで千里さんがわたしのパンツ……下着を選ぶんですか！」

「それは俺が豆柴のお世話をしたいからだよ」

楽しげにわたしの部屋に入ろうとする千里さんを、「やめてください、うら若き女性の下着を見たいんですか？」と止めると、彼は真面目な顔で「いや、俺はうら若き女性の下着には興味はない。興味があるのは……」と言って、またふふっと笑った。

そして、そのままわたしに抱きつくと、耳元で「奈々子のだけだよ？」と甘く囁いた。

甘く言ってもパンツはパンツなのだけど。

「やっと豆柴がうちに来たんだから、俺はきちんとお世話をしたいんだ。まずは身体を洗ってあげなくちゃね」

彼はわたしを持ち上げてくるっと回ってから、聞き捨てならないことを言った。

「かっ、身体って」

「一緒にお風呂に入ろうね」

「うえええええ!?」

わたしは「無理無理無理、やめてください、そんなの恥ずかしくて無理です」と、千里さんの腕の中でもがいた。千里さんは「やんちゃな豆柴だなあ。駄目ですよ、お風呂に入ってキレイキレイしましょうねー」などと子犬をなだめるように言う。

「時間の節約のためにも一緒にお風呂に入った方がいいよ。大丈夫、俺が身体の隅々までよく泡立てたボディソープで洗ってあげるし、もちろん髪の毛も洗ってあげるよ。俺と同じシャンプーでいいよね。髪に優しい、いいシャンプーを買ったんだよ……将来のためにも、できることからしようと思って」

あ。

鏑木さんの言ったことをかなり気にしているようだ。

「それは良いことだと思います。じゃなくってですね！　身体も髪も自分で洗えますから」

「そんなわがままを言ったら駄目だよ。なにしろ俺たちは夫婦になるんだからね」

「夫婦とお風呂で丸洗いと、どういう関係があるんですか！」

わたしたちはまだキスしかしていないのに、ハードルをガンガン上げてくるね！

この強引さも、才能溢れる経営者として必須の条件なのだろうか？

と、軽やかなメロディが流れてお風呂が沸いたというアナウンスがあった。

「俺もパンツ持ってこようっと」

「いや、待ってください」

「奈々子が選んでくれるの？」

「選びませんよ！」

わたしは慌ててゲストルームに行って、自分の下着を持ってきた。

「とりあえず、先に入らせていただきますが」

「うん、了解。身体と髪を洗い終わったら呼んでね」

「だーかーらー」

「バブルバスにすれば大丈夫だよ。ほら、ここに入浴剤があるから、これを入れてスイッチを入れてごらん。ぶくぶくになるから、浴槽に入っちゃえば奈々子も恥ずかしくないでしょ」

押しが強い千里さんは、わたしに薔薇《ばら》の香りがする入浴剤の容器を渡してお風呂に追い立てた。


というわけで。

わたしは白い泡でもこもこになった浴槽に浸かって、身体を固くしております。

洗い場では、スッポンポンの千里さんがシャンプーをしています。

イケメンのシャンプー姿は貴重ですが、隠すつもりがまったくなさそうなので、裸の腕とか胸とか脚とか……刺激が強過ぎて、もう、鼻血が出そうです。

「これで洗ってコンディショナーを使うと、髪がしっとりして落ち着くんだよね。なんか、栄養が行き渡っている感じがして、安心感があるよ」

「香りもいいし、いいシャンプーですね」

わたしは千里さんから目を逸らして返事をする。

窓の外には、都内の夜景が見える。こっちからはよく見えるけれど、外からは浴室内が見えないような特別な窓ガラスを使っているそうなので安心だ。

と、洗い終わった千里さんが、浴槽に浸かった。

ぶくぶくの泡から、イケメンの首が生えている。

「広いから、ふたりでゆっくり入れていいね」

全然リラックスできないんですけど！

うちのお母さんとお父さんは、よく一緒のお風呂に入れるなあ。結婚して何年も経つと、恥ずかしくなくなるのだろうか。

「ねえ、奈々子」

「なんですか？」

「抱っこさせて」

わたしはひっと声を漏らして、プルプルと首を振る。

「それは非常に困難を伴いますので、平にご容赦くださるよう真摯《しんし》にお願い申し上げたい所存でございます！」

「えー、けちー」

「けちじゃありません」

「じゃあ、ちょっと手を触らせてよ。ね？」

可愛くおねだりをされて、わたしは「手だけなら」と右手を出した。ちなみにふたりのペアリングは、リング置き場にするために買ってきた木製のオルゴールケースにしまってある。

「可愛い手だね。ちっちゃいや」

彼は手の甲を「すべすべー」と言いながら撫でたり、指をくりくりと揉《も》んだりして遊んでいる。

そしてさらに、指の先にちゅっとキスをした。

「奈々子……大好きだよ。食べちゃいたいくらいに可愛い」

わたしを見つめて、手に唇を寄せる千里さんの瞳に吸い込まれそうになる。

「死ぬまで俺のものだよ。もう誰にも触れさせたくない」

「えっ」

彼の口にわたしの人差し指が吸い込まれたので、声をあげた。彼は指の第二関節くらいまでを口に含むと、舌でねっとりと舐め転がした。

「や、なに、きゃ」

指が引き抜かれたけれど、今度は手首から手のひらまでを舌が滑る。ぞくりとするような初めての感覚がわたしの中を走り、身体を震わせた。

彼はじっとわたしのことを見つめながら、指と指の間を丹念に舐めている。ピンクの舌先がちろちらと動くと、くすぐったいような疼《うず》きが身体を熱くして、わたしは身悶えた。

「奈々子、可愛い……俺を感じて」

手首から肘に向かって、千里さんの舌がわたしを侵食してくる。肘の内側を舐められると、わたしの息が荒くなり、思わず目をつぶったわたしの唇が千里さんに塞がれた。

ぶくぶくと泡が盛り上がる浴槽の中で突然唇を奪われて、わたしは混乱した。

イケメンと、全裸で濃厚なキスをしている。唇がぶつかっただけの昔のキスとは違って、口の中に千里さんの舌が踊り、歯列を辿《たど》ってくすぐる。かと思うとわたしの舌にねっとりと絡ませて引き寄せ、ぬるぬると擦《こす》り合わせてくる。

ふたりは結婚を前提としたお付き合いをしている大人のカップルで、好いて好かれるラブラブ両思いなのだから、身体を合わせることになっても全然おかしくない。

熱いラブシーンの始まりだ。

お風呂だけに。

でもでもでも。

未熟者のわたしは頭ではわかっていても、気持ちが追いつかないのだ。

「千里さん落ち着いてくださいわたしはすでに説明した通りの恋愛初心者なんです！」

唇が離れた隙に、ものすごい早口で訴えた。

そう、わたしは中学生レベルの初心者なのだ。

それなのにいきなりめっちゃ濃いラブロマンス映画に放り込まれたような状態である。

わたしの常識では、付き合い始めたばかりのカップルは、一緒にお風呂に入ったりキスしたりするものではない。

だから、千里さんとはまずはデートで手を恋人つなぎをする。

子犬ではなくて、恋人同士のつなぎ方であることが重要なのだ。

そして、そっと抱きしめ合う。

じゃれるのではなく、恋人として抱きしめ合いたい。

初めてのキス。

これは順調に済んだ気がする。

それからふたりは寄り添って、熱い夜にロマンチックな関係に……。

「奈々子、可愛い」

「うにゃあああっ」

「あ、鳴いた。でもそこは『くーんくーん』って言って欲しかったかも。豆柴だし」

「御子柴だし！」

「では、もう一度」

わたしは千里さんの手を振り払った。

「千里さんのえっち！」

くーんくーんどころじゃないよ！

なんでいきなり生乳を揉《も》むの！

こんなの違う、全然ロマンチックじゃないから！

「奈々子のそれは誘っているんだよね……うん、柔らかくて気持ちいい」

泡に隠れて見えないからか、お湯の中で千里さんの手が容赦なくわたしの身体を弄《いじ》っている。

「いやあん、千里さんの変態！　あんもう、おっぱいを揉まないでください！　ああん！」

固くなった先をくりくりといじられて、思わずえっちな声が出てしまう。

そんなわたしの姿を見て、千里さんは嬉しそうに言った。

「うわあ、奈々子がおっぱいって言うなんて、そんなの聞いたら俺はめちゃくちゃたぎっちゃうよ。ねえ、ここが気持ちいいの？　奈々子のいいところを教えてよ」

「やだあ、ああん、たぎらないで！」

「感じやすくていい身体だね。こんなに可愛いのにオトナの身体をして、奈々子の方がえっちだよ……ほら」

「やあん！　そこをいじっちゃ駄目ぇ」

「んー、可愛いなあ、奈々子大好き、たくさん可愛がってあげるからね」

わたしは、ささやかな胸をムニムニと揉みながら、さらにお尻まで触ろうとし始めた不埒なイケメン（くそう、えっちな顔をしてもカッコいいとか始末に負えないぞ！）の胸を押しやろうとしたけれど、泡が邪魔をしてぬるっと滑り、そのまま彼の胸の中に飛び込んでしまった。

「きゃあっ」

不安定な姿勢のわたしを、沈まないようにと千里さんが受け止める。

「……変態とか言いながら、意外と大胆な奈々子がいますね……あふっ、そこは、奈々子、反則、これはヤバいよ」

千里さんが突然色っぽい喘《あえ》ぎ声を出した。

「あっ、奈々子ってば」

「なんかつかんじゃったの」

はい、犯人はわたしです。

ぬるぬるっと、怪しい肉棒を握ってしまいました。

「ねえ、そんなところを触るなんて、俺はもう手加減しなくていいってこと？　初心者扱いしないよ？」

「違うの、これは事故なの。でも、ちょっと待ってね」

手の中に、肉肉しい操縦桿がある。

わあすごい、千里さんはこんなのを身体の真ん中にぶら下げているの？

邪魔にならないのかな？

泡の中で見えないからと、わたしはちょっと好奇心を出してしまう。なぜなら、耳年増の処女にとって、これは長年の謎を解明するチャンスなのだ。

もしかしたら、一生お目にかかれないかも……なんて思っていたものが手の中にあったら、それは観察してみたくなるでしょう。

見えないけど、手探りで。せっかくなので、洗ってあげよう。

「すごい、さらに固くなってきましたよ。股の間にこんなのがあって、男の人って邪魔じゃないんですか？」

わたしは太い棒をにぎにぎした。千里さんの顔が色気を噴き出しながら快感に歪む。

「んっ、普段からこんなに大きくしてたら、それは真性の変態さんだよ」

「ふうん……どれくらいまで大きくなるんですか？」

「あっ、待って、しごくのはやめて！　そんなことをされたら、ねえ、上下に動かしたら駄目だってば」

「ふふふふ、さっきのお返しでーす。気持ちいいですか？」

「んんっ、いいよ、大好きな奈々子の小さな手でしごかれてると思うと、ものすごく気持ちよくて天国に逝きそうだよ」

「わたしも、千里さんのことが大好きだから、千里さんが喜んでくれると嬉しいですよ。ほら、がんばっちゃいます」

「あああっ、いいよ、気持ちいいけど、待って、がんばらないで」

立場が逆転したのが楽しくて、ついついわんこをいじめてしまう。

「ヤバい、出ちゃうよ！　そんなに俺に燃料を投下したいの？　よしわかった、もう勘弁してやらないからね！」

これはやり過ぎたかなと急いで手を離したけれど、顔を赤らめて、なんだか筋肉をむんむんさせたわんこ氏がお湯の中から立ち上がった。

あーっ、目の前に巨大なモノが！　直立不動している！

「このいたずら豆柴め」

モノの主は驚くわたしを湯船から引っ張り上げると、手際良くシャワーをかけて泡を流しバスタオルでくるくるっと拭くと、俵担ぎして千里さんの寝室へと運んだのであった。

だからなんで、お姫様抱っこじゃないのよ！

「さあ、奈々子を丸かじりするからね」

大きなベッドのシーツの上に横たわったわたしは、上で四つん這いになってわたしを威《い》嚇《かく》する千里さんを見上げた。

「すみませんが、もう少し電気を暗くしてもらえますか？　その、存在感に負けそうです」

わたしがお腹につきそうなくらいに立ち上がった直立不動の物体ををじっと見ながら頼むと、千里さんは「まあ、怖がらせてもいけないからな」ともぞもぞと動いてから天井に向かって「ライト、レベル１」と言った。すると、ＬＥＤ照明が反応して部屋の中が薄暗くなった。

直立不動の存在感もかなり薄れる。

よかった。

灯りを反射してテラテラと光るあんなモノがはっきりと見えたら、ロマンチックじゃないから。

わたしにとっては初めての夜だし、一応それなりに準備とお手入れをしてあるものの、明るい部屋で見られても平気なほど身体に自信満々というわけではないのだ。暗くはなったけれど、千里さんの美しい顔が見える。綺麗だけど男性らしい、大好きな顔だ。そして、長い指がわたしの顔に触れる。

「今さらだけど……いい？」

わたしはこくりと頷き「千里さんが初めてで嬉しいです。上手くできなかったらごめんなさい」と言って、そっと彼の頬に触れた。

「なるべく奈々子の負担にならないように努力するよ。でも……正直、奈々子が欲しくて結構ぎりぎりなんだよね。本当に本気で、奈々子に惚れちゃったから、全部欲しくてたまらないんだ」

千里さんが、わたしの唇にそっとキスをした。

「俺の世界一大切な、大好きな奈々子。死ぬまで俺の側にいてくれるって誓ってくれる？」

「はい。誓います」

「ありがとう。奈々子を一生大切にするよ。俺の命に換えても、奈々子がずっと幸せでいられるようにすると、俺も誓う」

そこまではカッコよかったのに。

「奈々子、大好き。可愛い。すごく綺麗で……美味しそう」

「ぅおい！」

わたしが思わず突っ込むと、千里さんはくすくす笑いながら「そういう面白いところも大好きだよ」と顎をくすぐった。

「怖いことはしないからね。奈々子が気持ちよくなれるようにがんばるから、俺に任せて」

「はい」

彼はわたしを「肌がもちもちのすべすべ」「おっぱいが可愛くて綺麗」「手触りが最高で、吸いつきそう」「すごく色っぽくてキュートで、素敵な女の子だね」「奈々子は俺の最高の宝物だよ」「永遠に揉んでいたい」などと、褒めて褒めて褒めまくりながら何度もわたしの唇に口づけて、大きな手のひらを密着させるようにして身体を撫でた。

脳内をすべて口に出してしまうのは、アメリカナイズされているせいなのだろうか？

褒めすぎのような気がするが、千里さんは本気で言っているようなのだ。わたしもだんだんと日本映画の平凡ヒロインのような気分になってくる。

千里さんはハリウッドスター並みだけどね！

彼の手のひらが何度も肌をさするので、触られたところが次第に熱くなってくる。

「お尻が丸くて可愛い。すべすべして気持ちいいし」

「にゃっ」

変な声を出したら、千里さんが楽しそうに笑った。

「舌を出してごらん」

素直に差し出すと、千里さんはぺろりと舐めてから舌を優しく吸った。粘膜同士が擦られて、わたしの身体も潤んでくる。

やがて口づけは深くなり、お風呂でした時のように舌と舌を絡み合わせる濃厚なものになる。

さっき泡の浴槽に浸かりながら、冗談半分のような色っぽい裸のじゃれあいをしたおかげか、わたしはリラックスして千里さんの愛撫《あいぶ》を照れずに受けられるようになっていた。

彼がそこまで計算しているのならすごい。

「なにを考えているの？」

唇を離すと、今度はそっと耳たぶを口に含み、舌先で転がしながら千里さんが尋ねる。

わたしはくすぐったさにもじもじと身体を動かしながら「千里さんに撫でられると気持ちがいいです」と答えた。

「……また、そういう可愛いことを言って」

鼻の頭を噛まれてしまった。

「千里さんはなにを考えているんですか？」

「奈々子が可愛くて、全身を舐め回してかじって味見をしたいなって考えてるよ」

えっ、人喰い犬なの？

彼はわたしの首筋に舌を這わせた。

「あんっ」

ゾクゾクする感触に耐えきれず身体を震わせると、彼は「また弱点を発見したよ」と首筋を強く吸った。

「奈々子のすべては俺のもの。誰にも渡さないよ」

そしてさらに舌を這わせて、次に肩に歯を立てた。

「痛い?」

顔をしかめたわたしを見て瞳を光らせる。

「少しだけ。なんで噛むんですか?」

犬の本能かな。

わたしが不思議に思って尋ねると、千里さんは苦笑した。

「俺になにをされるかわからないのに、無防備な顔で考え事をしている豆柴にお仕置きしたんだ」

はぐはぐと甘く噛まれて、わたしは「なにか変なことをする予定があるんですか?」と身をよじった。

「これは男を知らない子犬ちゃんに、色っぽいいたずらをしてくんくん鳴かす必要がありますね」

そう言うと、暗い中でもわかる美しい顔に淫らな笑みを浮かべて、わたしの目を見ながら胸の先端を舐めた。

「ひゃん！」

「ここが奈々子の敏感なスイッチってことが、さっきわかった」

膨らみを手で揉みながら、彼は舌を忙しなく震わせて、固く立ち上がった粒に刺激を与える。すると、わたしの内腿《うちもも》の奥がむずむずとし始めたので、思わず脚を擦り合わせた。

「ほらね。じゃあ、いただきます」

彼は大きく口を開けて頬張ると、舌先で激しく粒を転がす。

「ああん、そこは、そこはそんなにしたら、駄目なの」

背中をのけぞらせるわたしの太腿の付け根に千里さんの右手が滑り込んだ。

「やん、駄目！」

顔がかっと熱くなる。その場所は今、大変なことになっているからだ。だが、彼の指は容赦なく秘密の場所を暴いていく。

「ねえ、千里さん、そこも駄目だってば」

「なんで？　奈々子は全部俺のものだって言ったでしょ？　ここのぬかるんだ花びらも、蜜を溢れさせる小さな穴も、俺のものだからこうして触ってもいいんだよ」

「でも、恥ずかしいです」

「そっか、恥ずかしいんだ。こんなにぬるぬるに恥ずかしいおつゆを垂らして、ヒクヒクさせているところを、ほら、こんな風に弄られて」

「やあぁんっ、駄目！」

「こうしてくすぐると気持ちよくなっちゃうのが恥ずかしいのかな」

「えっち！　千里さんのえっち！」

「ご期待に添えるように、全力でえっちをがんばります」

「ああっ、そんなに擦っちゃ駄目ーっ！」

器用な指が濡れそぼった秘所をいやらしく刺激すると、わたしの中からたくさんの潤みが溢れ出てきてしまう。

「恥ずかしがりながら、俺を受け入れようとするここが可愛いね。指の先を入れるから力を抜いて」

「ひっ」

身体の中に、もぞもぞと動く長い指が侵入してくる。

「待って、どうして」

「奈々子は初めてだから、ここがとても狭いんだよ。なるべく痛みがなくなるように、指で広げてからじゃないと……」

「なるほど」

察してしまった。

操縦桿《そうじゅうかん》が問題なく入らないと、ふたりの愛の合体ができないのである。

「ちょっと変な感じがするだろうけど、我慢して力を抜いていてね」

そうは言われても、指先がぬるぬると出し入れされると奇妙な疼きが生まれてしまい、わたしは身体をびくんびくんとさせながら両手で顔を覆った。

「がんばりますけど、あ、変な感じがするーっ」

「が、がんばれ！　俺はムラムラするーっ」

ムラムラが極まって、フライングして操縦桿を差し込まれたらたまらないので、千里さんの応援を心からする。

「初めての経験で、えっちが好きになるか嫌いになるか分かれるからね」

「んっ、ふうっ、そう、なんですね」

「俺は奈々子とずっと死ぬまでイチャイチャし続けたいし、毎日でも抱きたいから」

「あん、毎日、こんなことを、やっ、変になっちゃう、するものなんですか？　やん」

千里さんが指を出し入れしながら敏感な膨らみをつるつると擦ったので、わたしは「そこも駄目ぇ」と鳴いた。

「気持ちいい？」

「いいって言うか、ああん！　びりびりってしちゃう」

「よし、いい感じだ」

心なしか、千里さんの表情がキリッとしてきた。

「奈々子に俺とのえっちを好きになってもらえるように、俺は全力でこのプロジェクトをこなす！」

うわあ、部長がプロジェクト化してたよ！

プロジェクトは順調に進み、わたしの中にはなんと、千里さんの指が三本も刺さっている。

けっこうキツキツだけど、なんとかなった。

わたしはやればできる子！

「よくがんばったね、偉いよ奈々子」

千里さんにご褒美のキスをしてもらって、わたしはえへへと笑った。

すると、彼は「……この状況でその笑顔……無邪気な豆柴め……なんだかめちゃくちゃ背徳感が湧いてくるんだけど」と顔を逸らした。

なにか問題でもあるのかな？　と思ったけれど、千里さんの巨大操縦桿が「だがしかし、たぎる！」といっそう元気に誇らしく頭を持ち上げているので、大丈夫なのだろう。

「もう、それが入りそうですか？」

できれば、もう少し細くしてもらえると安心なのだけれど。

「いける……と思う。というか、絶対に入れたい！　これ以上我慢できない！」

冷静な千里さんだが、最後に心の叫びが混じっていた。

彼は指をゆっくりと抜くと、その太いものを狙いを定めてわたしの入り口に押し当てた。

「ゆっくりと口から息をしていて」

「ひっひっふー」

「それはまだ気が早いかな」

少しずつ腰を進めながら、千里さんは笑った。そして、唇を舐めるその姿が色っぽい。

「あっ、中がひくひくしてる」

いやん、反応しちゃったみたい！

わたしは照れ隠しに「大丈夫なので、来てください」と言ってしまい、そのあと「うわあああ、今のは恥ずかしい！　なしで！」と顔を隠して照れた。

「……ちょっと奈々子が可愛すぎてヤバい」

ぐぐぐっと押し込むペースが早くなってくる。

「う……がんばれ俺……あっ……んんっ」

助けて！

千里さんが色っぽ過ぎる！

「奈々子の中が、熱くてトロトロで……すごく気持ちいいのに……きゅきゅっと締めつけてくるし……」

セクシーイケメンさん、実況はやめてください。

わたしの中が激しく反応してしまいます。

「あっ、ほらまた！　早く来いって呼んでるから……俺のものが『よし行くぞ！』って気合い入っちゃってて、止められないよ」

　彼は息を荒くしながら自分と戦っている。

「奈々子を壊したくないから、くうっ、ゆっくりと、したいのに」

　正直言って、かなりキツい。圧迫感がすごい。

　わたしは深呼吸をしてなるべく力を抜き、千里さんを迎え入れた。

「ひっひっふー……あ」

　千里さんは、残念そうな色っぽい顔でわたしを見た。

「え、だって、この呼吸をするとすごく力が抜けていいんですよ！」

「そ……なんだね」

　ふたりで顔を見合わせて、ぷっと吹き出す。

「あっ、俺の自制心が！」

　ひっひっふーで気持ちも緩んでしまい、千里さんの腰がぐいぐいっとわたしに突き進んできた。

「あああんっ、太いのが入ってきちゃう」

「無駄にエロ発言をしないでくれーっ」

　ぶちゅん、と、最後まで合体してしまった。

「痛くない？」

「大丈夫でした。千里さんは？」

「気持ち良すぎてもう我慢できなそう！　ごめんね奈々子！」

「ああーっ、千里、さんっ」

彼はわたしの腰を両手で摑むと、苦しそうな表情で腰を激しく振り、何度もわたしを貫いた。

「あっ、あふっ、ふうん！」

がくがくと揺さぶられ、わたしは色気の垂れ流し王子を見上げながら、こんな状況なのに身体の中をキュンキュンさせてしまった。

カッコいい！

ヤバい！

あっ、駄目、変になっちゃう、やだどうしようこんなの初めてでああああーっ！

「くうううううーんっ！」

悲鳴を嚙み殺したわたしはそんな声を出して、快楽の高みに達してしまった。

「奈々子ーっ！」

美貌を歪めた千里さんがわたしの名を呼び、びくんびくんと身体を震わせた。

八　ハッピーエンド

そして月曜日になった。

土曜日の夜にわたしの初体験を済ませた後は、ゆっくりと身体を休めさせてもらったし、日曜日の夜もくっついてきてクンクン鳴く千里さんとちゃんと一回えっちしてから爆睡した。

千里さん曰く「本当はずっとイチャイチャしていたいんだけど、寝室に閉じ込めたら猛犬がドアを蹴破って脱走しそうだからやめた」のだという。

うん、わかってらっしゃる。

日曜日は一週間のおかず作りがあるのだ。邪魔をしたら、たとえ千里さんでも許さない。犬の角煮にしちゃうぞ。

わたしはゴールドにダイヤモンド、千里さんはプラチナにダイヤモンドなので、よく見ないとお揃いだとわからないペアリングを身につけて、わたしたちは出社した。

我が社には目がよくて勘が鋭い女子社員（マサイ山浦さんだ）もいるので、もしバレたらどうしようと千里さんに尋ねたが、彼は秘密のオフィスラブにはまったく興味がないらしい。むしろ、みんなに話す気満々で「朝礼を開いて奈々子との婚約の発表をしようか」などと言い出したので、わたしは「お互いの家族へ挨拶をしてきちんと筋を通すまでは、(仮)《かっこかり》の婚約ですよ」と釘を刺した。

そのあと、慌てて神奈川のご実家に電話をかけていたようだが……。

というわけで、「一時的に同棲していることも、特に隠すつもりはないから。社長には指輪を自慢するついでに奈々子のストーカー被害の件を話しておくよ」という千里さん(優先順位が間違っている)と一緒に車で出社したのだが、なぜか誰にも見つからなかった。

まあ、お弁当を持ってテンションの上がった千里さんのせいで、いつもよりも三十分早く会社についてしまったせいもある。

そして、何事もなく仕事をこなしてお昼休みになった。

「鏑木さん、今夜いいかな?」

わたしはお弁当を持つと、総務の鏑木さんに声をかけた。

「ごはんしよう。相談したいことがあるの」

「御子柴先輩の相談なら、いつでも承ります」

真面目な顔で、鏑木さんが答えてくれた。

わたしは千里さんのこととかこれからのいろいろを、恋愛強者と思われる鏑木さんにアドバイスしてもらいたいと考えた。彼女は個性が強いが、この会社でも目立つ美人だから、きっと恋愛強者に違いないと思うのだ。

困った時の鏑木さんだ。わたしよりもずっと頼りになる。

恋愛に対してだけどね！

仕事はわたしが頼られるからね、本当だよ！

「相談内容は、その指輪に関係することでしょうか」

「えっ？」

わたしは思わず右手に光る指輪を隠した。

「やっぱり目立ってる？」

「目立ってますね。マサイ族並みの視力がない人間でも気がつくレベルです」

「うわあ」

「でもそれは、御子柴先輩がアクセサリーをつけるのは珍しいから、という意味もあります。先輩がいきなり大きなダイヤモンド入りの指輪をしていたら、宝くじでも当たったのか、財産をダイヤモンドの形で持つことにしたのか、などと思われるのではないでしょうか？」

「なるほど。やっぱりこのダイヤモンドは大きいのかー」

「そこですか」

いや、ほら、宝石に馴染みがないし、デパートの特別室でこのレベルのダイヤモンドをずらりと並べられて『どれにしようかな』をさせられたから、比較するものがなかったんだよね。

ちなみにわたし、いまだにこの指輪のお値段を知らなかったりする。

「万一、盗まれる……いえ、紛失するようなことがあったら大変なので、外さないようにしてくださいね。ダイヤと金なら水にも強いから、ずっとつけっぱなしで大丈夫ですし、誰かに見せてと言われても手につけたまま見せるように」

「はい」

「同じ会社の人を疑いたくありませんよね」

「はい」

お弁当を食べる時も、わたしは端の方でひっそりと座って、作戦遂行中のくノ一のように存在感を消そうとがんばったのだが、鏑木さんに「怪しい振る舞いをしていると、余計に目立つと思います」とあきれた視線で見られてしまったのだった。

ちなみに、あんなにお弁当に喜んでいた千里さんは、仕事の都合でお昼に戻って来れなくて、どこかの公園のベンチで食べたらしい。

外に行くことも多いから、ランチは外食にすればいいのにと思う。

でもそう言ったら「俺はふたりで作ったおかずを詰めたお弁当がいいの」と悲しい子犬の瞳で訴えられてしまったので、毎日お弁当を作るけどね。

というわけで、本日の夕飯は鏑木さんと一緒に楽しく女子会……の予定が、なぜかおじゃまわんこがくっついてきてしまった。

「高塚部長、なにしにきたんですか」

「鏑木さんが酷い」

「今夜は御子柴先輩と夕飯を食べながら女子トークするんです。はっきり言って邪魔です」

「やだよう、俺一人で帰るの寂しいんだもん」

「『もん』って……高塚部長、キャラが変わりすぎじゃないですか？」

「いや、こっちが素なんだけど」

「あ、そうか、胡散臭いお兄さんキャラだったっけ。海藻食べてます？」

「鏑木さんは、歯に衣《きぬ》を着せることを覚えましょう」

「あ、そうですか、もうお帰りですか」

「お通しすら食べてないのに！」

ここは、ちょっぴり豪勢な感じの居酒屋の個室である。

千里さんに『今夜は鏑木さんとごはんしてきます』とこっそりとＬＩＭＯでメッセージを送ったら『仲間はずれはいけないんだよ』という返事と共にこの店のＵＲＬが送られてきた。

『高塚の名前で予約したからね。海の幸がたくさんあるよ、美味しいものを食べ放題だよ』

無駄に手際がいいな！

というわけで「鏑木さん、ごめん。うちの犬……じゃなくって、千里さんがくっついてきちゃう。どうしよう、奢ってくれるから海老でもカニでも帆立でも食べ放題になるんだけど、すみっこに置いといてもいい？」と申し訳なさそうに言うと「それはめんどくさいと言うか、鬱陶《うっとう》しいですね。御子柴先輩にくっついて離れないなんて、今から濡れ落ち葉ですか。まあ、食べ放題に免じて許しますけどね」と許可をもらって、三人で千里さんの車に乗ってこの店にやってきたのだ。

そして千里さんは、さっそくクールな鏑木さんに滅多刺しされて、尻尾を巻き込んでくーんと鳴きそうになっている。

「ところで、その指輪はペアリングだったんですね。デザインがシンプルだから普段から身につけられるし、御子柴先輩の方はメイン以外にもダイヤが多めってところがいいですね」

鏑木さんに、指輪を褒められた。

えへへ。

「素材が違うけどさりげなくペアっていう感じがおしゃれです」

千里さんの顔がぱあっと輝いた。

「そうなんだよ、小さいダイヤがちょこちょこ並んでいるから、奈々子のはキラキラして可愛くていいよね。金だから華やかだし、若くて可愛い奈々子にぴったりのリングだと思うんだ！」

「わたしもそう思います」

「そうか！　鏑木さんはセンスがいいね！」

千里さんはご機嫌で「鏑木さん、蟹《かに》しゃぶは好き？　そうか、奈々子も好きだよね、この限定の蟹足大盛り蟹しゃぶを取ろうじゃないか！　北海道直送の帆立貝柱のマリネも！この辺の限定品を端から食べていこう！」とものすごい勢いで注文を始めた。

「ごちそうさまでーす」

ううむ、鏑木さんは犬の扱いに長けているな。

「俺は運転するから飲まないけど、ふたりは日本酒でも飲む？　いいよ、遠慮しないでどんどんいきなよ」

「あ、じゃあおひとついただきましょうか御子柴先輩」

遠慮しない鏑木さんが大吟醸の冷酒を頼んだ。

「じゃあ、酔う前に先輩の話を聞きましょうか。おふたりはもう正式に婚約したんですか？」

「ううん、まだだよ。……そもそものきっかけはね」

わたしは鏑木さんに、コンビニから気持ちの悪いストーカー男にあとをつけられて、マンションに押しかけられたこと、そして千里さんのマンションに一時的にやっかいになっていること、滝田先輩に絡まれたこと、そして……この件をわたしの実家の家族、特に過保護な義父にどう報告したらいいのか悩んでいることを話した。

「なるほど。それでは状況を整理してみましょうか。問題は二点ですね」

美味しい海鮮を片っ端から食べ尽くして、ひと通り話を聞いた鏑木さんは、頷いて言った。

このお店は、蟹しゃぶは端を持ってしゃぶしゃぶすればいいし、蒸し蟹は殻がパカッと開けられているし、脚もほぼ剝《む》いてあるし、とにかく食べやすくして出してくれるので、蟹を食べても無言にならないのだ。さすがは千里さんである。美味しいお店をネットで探し出す才能は、ここ掘れワンワンという犬並みに鼻が利くようだ。

ごはんについてはともかく。

普通に女子同士で相談すると「ええー、そんなことがあったの？　怖ーい」なんていう感じに話が進むものであるが、鏑木さんの場合は要点を箇条書きにして提示してくれる。

こういうところが共感性がないとか冷たいとか言われてしまいがちなのだが、いやーん怖ーいキモーいなんて言い合っても問題は解決しないので、わたしは鏑木方式が気に入っている。

特に、仕事の時は助かる。

いやーん怖ーいキモーいをやってる時間が惜しいからだ。

「一点目のストーカーの件は、弁護士に任せておけば問題ないと思います。さすがは高塚部長、迅速に弁護士を手配するとは、問題解決能力に長けていらっしゃいますね」

「そうかな？　ありがとう」

　ツンデレ美女の鏑木さんに真顔で褒められて、千里さんは嬉しそうに尻尾を……ではない、嬉しそうな顔をした。

「地位も名誉もお金もあって見た目も秀でている高塚部長には、普段からより多くの期待が寄せられているでしょう」

「んー、まあね」

　地位も名誉もお金もある超絶イケメンは、否定しなかった。

「しかし、御子柴先輩の結婚相手になるには、その比ではないくらいに期待が寄せられますので、さらなる精進が必要だと思われます。まだまだ安心するには早いのです。心してこれからも努力するように」

　目を細めた鏑木さんが千里さんを冷たく値踏みすると、彼は頰をひくひくさせて「あっ、そ、そうですか、はい」と声を震わせた。

　え、待って。

　鏑木さんのハードルが恐ろしく高くて怖いよ。

「話は戻ってストーカー男の件ですが、そういう男は勝手な妄想を元にして動くので、自分では足元にも及ばないハイスペックな高塚部長が現れて『俺の彼女』妄想を叩き壊している今は、御子柴先輩への執着は薄れているでしょう。高塚部長をライバル認定するほどメンタルが強かったら、ストーカーなんてやってませんから。奴らは逃げの人生を送りがちです。なのでおそらく、今頃は新たな女性を次のターゲットにしているんじゃないですか？」

「そうなのか。許しがたい男だな」

「奴らは元々大変身勝手な精神構造をしていますから、『御子柴先輩は俺から振った』というストーリーで生きているんじゃないでしょうか。話を伺ったところ、その男はかなり悪質で行動力もあるストーカーと見受けました。でなければ近々犯罪行為に手を染めて、逮捕勾留そして刑務所入りもしくは精神病棟入り、親類に手配されて海外の鉱山か遠洋漁業で力仕事に従事させられてもう帰国できなくなる等の未来がわたしには見えています」

「鏑木さん、見えてるの？」

「見えてます」

「すごい！　そんな力もあったんだね！」

鏑木さんは「ふっ」とクールに笑い、千里さんは「奈々子、それは超能力ではないと思うよ？」と言った。そして、鏑木さんに尋ねた。

「もしかすると、鏑木さんはストーカー被害に遭ったことがあるの？　ずいぶん詳しいみたいだけど」

「はい、何度かありますよ」

さすがは美人さんである。

千里さんは眉をひそめて言った。

「それは大変な思いをしたね。そのストーカーたちはどうなったの？」

「妄想を粉々に砕いてから警察に引き渡しました。その後トラウマが植え付けられて廃人になったとかならないとか」

千里さんがビビる。

「廃人ってなにをしたの、怖いよ鏑木さん！」

わたしもビビる。

「命だけはあるんだよね？」と恐る恐る聞くと、ニヤリと笑われて余計に怖くなった。

「まあ、奴らは二度とシャバには戻って来れないでしょうから、わたしに報復することは不可能ですし、万一報復しようとしたら更なる地獄を見る羽目になるでしょう………なあんてね、冗談ですよお、せーんぱあい……ふふふ」

待って、『冗談』って言う前の今の間は何？

あと、喋り方！

お化け屋敷に並ぶ市松人形のような表情でふふふと笑う鏑木さんが怖くて夢に見そう。

「実はですね、わたしはこう見えてキックボクシングが趣味なんです。いろいろ砕くのは得意なんですよ」

「攻撃力が高い系女子なんだね。鏑木さんはなんでもできてすごいなあ」

わたしは感心した。

でも、キックボクシングを生かして砕いたのは精神だけ……な訳ないよね。

「御子柴先輩も一緒にやりませんか、キックボクシング。綺麗に筋肉がついてシェイプアップになるし、健康にもいいですよ。もちろん護身術にもなりますから。やっぱり普段から殴り慣れてさらに蹴り慣れておかないと、いざという時にためらいがあって徹底的に潰すことができませんからね」

「そこはためらって。あと、なにを潰したのかは言わないで」と千里さんが呟いた。

「シェイプアップかあ……」

鏑木さんが姿勢が良くてスタイル抜群なのは、キックボクシングで鍛えているからだったのか。

ナイスバディで攻撃力を備えた自分を想像し、彼女の提案に魅力を感じてわたしが考えていると、千里さんに肩を揺すられた。

「落ち着いて考えようね奈々子、シェイプアップはマンションに専用のジムがあるからそこでするんだよね？　ほら、ウェアも買ったし、ね？　ね？」

隣の大型犬を見ると、目が潤んでいた。その中には明らかに怯えの光がある。

「あっ、そういえばそうでしたね。じゃあ、しばらくはジムの方をがんばろうかな」

ほっとする千里さんを横目で見ながら、鏑木さんが言う。

「ジムでのトレーニングを行い、ある程度身体ができて動けるようになってからキックボクシングを始めるのもいいですよ。あとでボクシングジムの詳細をメッセしますのでご検討ください。先輩、お待ちしてます」

「うん」

「御子柴先輩は可愛いしちょっと隙も見受けられますので、身を守る手段を持っておいた方がいいと思います」

「えー、そうかなあ」

「そうですよ。ストーカーなんて軽く潰せるくらいに鍛えましょう。あと不倫とか浮気とか、見つけたらプチッとしましょう。女性の自立は大切です。浮気を見つけたら即、制裁ですよ」

そう言って、鏑木さんがなぜか千里さんに白目を剥いて威嚇した。

「鏑木さん、美人なんだから白目剝くのはやめなよ」

わたしは先輩らしく注意した。

完全に尻尾を巻き込んだ千里さんは「俺は絶対に浮気しないからね！　うちの会社には猛犬が多すぎるよ！」と身を震わせた。


ストーカーネタから始まった雑談でわいわい盛り上がりながら、鍋、焼き、刺身と様々な海鮮を楽しんで、とうとうデザートタイムになってしまった。

わたしたちは「別腹だから」と言い訳しつつ、黒豆きな粉と黒蜜がかかったトロッととろける生わらび餅（弾力があり、ひと口分を切り取るのに三人で四苦八苦し、くすくす笑い合った）と爽やかな酸味で口をさっぱりさせる柚子シャーベットを食べながら、ようやく要点に入った。

「さて、二点目の問題ですが」

相談事については例によって、鏑木さんが大変わかりやすく進行してくれる。

「『お嬢さんを僕にください』を高塚部長が行うと、高確率で御子柴先輩のお義父さまが拗ねる件への対処ですね」

「拗ねるってそんな……いい大人が……まさにその通りだけど」

「先輩の話を少し聞いただけで、いい人だけど面倒くさいおじさんの姿が目に浮かびます」

「浮かんじゃったか。お義父さんは本当にいい人なんだよ」

わたしは苦笑した。なんだかんだ言いつつも、わたしはこの連れ子を大切に扱ってくれる義父のことが好きだから、彼の気持ちを傷つけたくないのだ。

「先輩のお義父さんって、結構有名な方でしたよね」

「うん、テレビに出たりもしてるね」

動画配信からバラエティ向けの明るい性格だということがわかり、最近では朝の健康番組によく呼ばれて、体操とかストレッチを指導している。

「地位も名誉もお金もある方なので、一度拗ねると面倒なことになりそうですから、外堀を埋めていくといいと思いますよ」

「外堀というと、うちのお母さんから説得するとか？」

すると、鏑木さんがにやりと笑う。

「一番強いのはね、胃袋を摑んでいる人ですよ」

「胃袋……」

……おお！

弟の蒼太か！

確かに、忙しい両親にごはんを食べさせてなにかと世話を焼く、お母さんよりもお母さんらしい蒼太が一番強いかもしれない。

あと、蒼太の焼きそばにはわたしの胃袋も摑まれているよ。

「なるほどね、胃袋が最強か。すごいね鏑木さんは読みが深いね」

「闇も深いです」

「怖いからやめて」

頼りになる後輩がいて、わたしは嬉しいよ。

「じゃあ、さっそく蒼太にアポを取ろうっと。千里さん、今週の土曜日に蒼太とお茶していいですか？　ごはん時はあの子忙しいから……まあ、カレーでも煮ておけば、夜に出かけても大丈夫かな」

どこの子育て中ママかよ！　という突っ込みは受け付けない。

「なら、蒼太くんさえ良ければ、三人でなにか美味しいものも食べに行こうよ」

千里さんは「会うのが楽しみだけど、『お姉さんを僕にください』ってやらないと駄目かな」などと少し悩んでいる。

大丈夫、蒼太に「俺んじゃねーし」って返されて終わるよ。

「蒼太も和食が好きなんですよ」

「いいね！　じゃあ、お店を探しておくよ」

わたしが蒼太にＬＩＭＯしていると、千里さんが鏑木さんににこやかに言った。

「ところで鏑木さん、新事業企画部に来てみない？　鏑木さんにとって面白い仕事がたくさんあると思うよ。どう？」

高塚部長は鏑木さんの才能に気づいてしまったようだ。


そして、土曜日。

蒼太と無事に約束ができたので、わたしは実家の近くのカフェで待ち合わせをした。ウェイトレスさんがちゃんとテーブルまで注文を取りに来てくれるカフェだ。ちなみに、わたしをここまで車で送ってきてくれた千里さんは、豆柴生誕の地巡りをしているはずである。

「小学校と中学校の校庭の砂、取ってこようか？」

「不審者に間違えられるのでやめましょう」

……大型犬の愛は、ちょっと重い。

「姉ちゃん、久しぶりだな」

蒼太が先に入って待っていてくれたので、わたしは「おひさー」と片手を上げながら座った。

「そういえば、最近バタバタして顔をだしてなかったよね。今日はカレー作ってきたの？」

「いや、豚汁を山ほど作ってきたから。うどんをつけて食べるやつな」

「あー、美味しいやつだ！　わたしも作りたい」

　野菜ときのこがたっぷりで、里芋も入った豚汁は、身体が温まる秋冬のメニューだ。ちょっといい豚コマにするのがコツである。豚肉から美味しい出汁が出て、そこに熱々のうどんをつけて食べると最高なのである。落とし卵も入れると栄養バランスがいいから、御子柴家は、この一品で夕飯が成立するのだ。

　いや、今は豚汁に思いを馳せている場合ではない。

「ええとね、蒼太に報告があるんだけど」

「なんだよ、改まって」

「えと、ね、お姉ちゃんね……婚約しました」

「……男に騙されてない？」

「おいっ！」

　弟が酷い。

　いや、男女交際歴のない姉が、突然婚約したなんて言い出したら、結婚詐欺を疑うのも無理はない。

「騙されてないよ。同じ会社の部長さんだし、社長がヘッドハンティングして入ってきた人だから身元は確かだよ。ほら、この指輪、買ってもらったんだよ」

「えっ、これってダイヤ？　すげえな……婚約指輪ってやつか。いっぱいダイヤモンドがついてる」

蒼太が『お高いんでしょう？』という視線でわたしを見た。

だが、これは婚約指輪ではないのだ。

「まだペアリングだよ。正式なプロポーズは、両方の実家にご挨拶してからで、その時に婚約指輪もくれるって言ってる」

「マジかよ。そっか、部長ってエリートだもんな」

「うん。これ見て、ツーショット」

わたしがスマホを見せると、蒼太は絶句した。

「これは会社バージョン。普段は割とラフな格好をしてるんだ。こんな感じ」

革ジャンを着て、サングラスを下にずらしてぺろっと舌を出す、可愛カッコいいお気に入りの写真を見せた。

ああ、何度見てもカッコいい！　好き！

「姉ちゃん……」

「なに？」

写真を見てにやついていると、蒼汰がふんと鼻息を荒くして言った。

「手の込んだドッキリするなよ」

「え」

「その指輪、ガラス玉だろ。ったく、遊んでないでとっとと家に行こうぜ。豚汁うどん、食べよ！」

待って。

なにその、かわいそうな子を見る視線は。

お姉ちゃん、彼氏ができない自虐ドッキリなんて仕掛けてないからね！

「それって最近のイケメンアイドル？　姉ちゃんはそういうのがタイプなのか。会社の休みにライブとか行ってるの？」

「違います、ちゃんと婚約者です！」

「はいはい、いいんじゃねえの？　仕事しかしてないよりも、そういう趣味の活動をしている方が世界が広がってさ」

「ちーがーうー」

うえーん、助けて千里さん！

弟が生温かい目で見てきます！

妄想彼氏ではないことを証明してください！

「蒼太、とりあえず黙ってわたしの話を聞きなさい」

姉の威厳をかき集めて、わたしは蒼太に言う。

彼は素直に口を閉じた。そうしないと、この『お姉ちゃん最強モード』に入ったわたしから、高確率で引っ叩かれることを経験からわかっているのだ。わたしは飴《あめ》と鞭《むち》を使い分けて、弟を家事をきちんとこなすしっかりもののモテ男に調教……育て上げた立派な姉なのである。

わたしは滝田先輩とのいざこざから始まる千里さんとの出逢い、そしてストーカー騒ぎからの同棲、そして婚約への道のりを的確に伝えた。

鏑木さんに倣《なら》って「もう、千里さんがカッコ可愛くてむっちゃつらたんの尊《とうと》み？」とか「子犬みたいにわたしに懐いちゃってもう大変よ」などという感想は一切挟まず、事実を客観的に述べた。

弟に惚気《のろけ》るとかアホっぽいし、わたしの心の叫びを入れ込んでいたら、お店の閉店時間になっても話が終わらないからだ。

蒼太は黙ってコーヒーを飲みながら聞いていたが、わたしのマンションのエントランスでストーカー男が部屋に入り込もうとしていた辺りでは眉を顰《ひそ》めた。

そして、千里さんが助けに来てくれてそのままタワーマンションにお世話になった話では、むむむと唸《うな》っていた。

「というわけで、わたしは高塚千里さんと婚約しました。以上」

「……今の話が本当だとしたら」

「本当だよ！　いい加減に信じなよ！」

思わずすこんと蒼太の頭をどついてしまった。

「いて。だって、それがさっきの写真のイケメンだって言うんだろ？　顔が良くてお金持ってて仕事ができるイケメンなんて、話がうますぎるよ」

「わたしだってそう思うよ！　話がうますぎてごはんが三杯は食べられそうだよ。でも、本当の話なんだから仕方ないよ」

「うーん、でもなあ……だとしたら、姉ちゃんの恋愛成分が限りなく薄い人生の中で、突然濃縮還元果汁みたいな奇跡が起きたってことかよ。濃縮十倍……いや、百倍か」

「それはもはや、果汁ではなく固形物では？」

「グミみたいなもんか」

「美味しそうだね」

「うん」

いや、そういう話をしているわけではない。

「その千里さんって人は、姉ちゃんのどこがよかったの？　絶対にモテる男じゃん。なんか、アイドルとかモデルとか社長令嬢とかとくっつきそうな奴じゃん」

「う……」

それを言われると辛いものがある。

わたしは平凡なＯＬに過ぎない。お義父さんがややお金持ちかもしれないけど、それはわたしとは関係がないし、ルックスだって、鏑木さんみたいな美人でもないし、スタイルもちんまりと小さいから特にいいわけでもない。

性格なんて『経理の猛犬、ただし子犬』って言われてるんだよ！

酷いよね、女子につけるあだ名じゃないよね。

「なんでなんだろう？　やっぱり騙されてるのかな……でも、騙しても千里さんにいいことあるように思えないしなあ……」

こんなお高い指輪をくれるし、美味しいものを食べさせてくれるし、夜は……その、アレですしね！　とてもじゃないけど『わたしの身体が目的だったの？』なんて言えないよ、むしろこっちが土下座でお願いするべきだと思うよ。あの顔と身体とテクニックと……いやいやいやいや、昼間考えちゃ駄目なやつだ！

わたしが考え込んだり、顔を赤くしてぶるぶると震えたりしているのを見て、蒼太は優しい声で言った。

「まあでも、姉ちゃんもそれほど悪くないってゆーか、顔もまあ美人タイプじゃないけど可愛いって俺の友達も言ってたし、あいつらによるとちっこいから余計に可愛いってゆーし、料理も安くて美味いものをちゃちゃっと作るし、家事もテキパキこなすし、結構面倒見が良くて友達にも好かれてるみたいだし、経済観念がしっかりしてるし、仕事も真面目で恋愛も真面目で浮気とかしないから……あれ……なんだかんだ言って、性格もいい、かな……たまに手が出るけど加減してるし」

「あんた石頭なんだもん、ぶつ手の方が痛いし」

「おう。ってことはつまり……」

蒼太ははっとした表情で言った。

「姉ちゃん、モテるだろ⁉」

「はあ⁉」

「改めて考えてみたら、確かに嫁にしたいタイプだよな！」

「そ、そうかな？」

弟に褒められると……照れるね！


蒼太が、まずは千里さんに会ってみないとなんとも言えないというので、予定通りに千里さんの車で迎えに来てもらって、和食のお店に向かうことになった。

「千里さんは美味しいものにはすごく鼻が利くんだよ。今日も期待していいよ」

「それはポイント高いかも」

「料理は初心者なんだけど、一緒におかず作りをしてるんだよね。舌が確かだから、覚えが早いよ」

そんなことを話しながらカフェを出ると、どこで待ち構えていたのか千里さんのドイツ車がすっと寄ってきた。停止した車から、カジュアルなジャケットスタイルの千里さんが降りると、今日は（蒼汰に失礼だからと）サングラスをしていないものだから、通りかかった人の視線をすべて集めてしまった。

「初めまして、蒼太くん。高塚千里です」

「うわあ……」

千里さんを見てしばし絶句してから「御子柴蒼太です、姉がお世話になってます」とうわごとのように呟いた弟とわたしを乗せて、車は走り出した。

到着したのは「今人気の和洋懐石のお店なんだよ！　和樹も美味しいって言ってたから期待しよう」という、和樹さんの推薦のお高そうな料亭だったので、蒼太はもう一度「うわあ……」と絶句した。

魂を抜かれそうな美貌の千里さんだが、しばらく話をしながら美味しい料理を食べているうちに免疫がついたのか、蒼太は普通に話せるようになっていた。

美人は三日で慣れるってやつかな。

ちょっと違う？

でも、慣れるけど飽きないと思うよ。

食事がとても美味しかったせいもあって、わたしたちはご機嫌で千里さんと蒼太もすっかり仲良くなった。

「蒼太くん、俺は合格かな？」

「これが千里さんの素の姿なら……姉ちゃんを任せてもいいかな」

「よかった！」

千里さんは嬉しそうに笑った。見えない尻尾がぶんぶん振られているのがわかる。

「あのさ、どうせこれから俺をうちまで送ってくれるんなら、おかんとおとんに会っちゃえば？」

「え？」

蒼太の爆弾発言に、わたしたちは驚いた。

「えええっ！！！」

いや、千里さんは驚愕《きょうがく》していた。

「今？　これから？」

「うん。ふたりともうちにいると思うしさ」

蒼太は「心の準備がー」なんていう千里さんに「軽く挨拶するだけだよ」と言いながらスマホを取り出して、電話をかけた。

「あ、おかん、スピーカーモードにして。おとんと聞いてよ。……おけ、俺さ、今姉ちゃんと彼氏と飯食ってるのよ」

『蒼太？　今なんて言ったの？』

「帰りに彼氏の車で送ってくれるっていうから、ふたりとも顔見せしときなよ」

『彼氏？　奈々子の彼？』

「俺の彼氏なわけねーだろ」

『ま、そりゃそうか』

そう言ってあははと笑うお母さんの後ろで変な雄叫《おたけ》びが聞こえたが……気にしない。

「んで、姉ちゃん、結婚するってよ」

『けっこんんんんんーっ？？？？？』

さらなる爆弾が投下されて、今度は両親の叫び声が聞こえた。

「反対したら、アメリカに移住しちゃうっぽいからな。特におとん、変に感情的になるなよ。二度と姉ちゃんに会えなくなるぞ」

ええっ、そんなことは言ってないよ！

待って、千里さんはなんで頷いてるの？

「奈々子、アメリカで豆柴ブランドを立ち上げようね」

いやそれはまずいでしょう！

「ってことで、これから帰るからさ。あ、スッゲー男前が行くから、おかんは見て倒れないように。マジで驚くって。楽しみにしてなよね。んじゃ」

蒼太はサクッと通話を終わらせると「ってことだからさ」と笑った。

「……まあ、なんていうか、さすがは奈々子の弟だな」

千里さんは変に納得しない！

「うちの駐車場が空いてるから、車置けるって」

車の後部座席で両親とＬＩＭＯをしながら蒼太が言った。

「うん、了解」

「千里さんって兄弟いる？　長男？」

「次男だよ」

蒼太の問いに千里さんが運転しながら返事をする。

「俺んちは男三人なんだよね。兄貴も弟ももう結婚して家を出ていて、俺はしばらくアメリカで暮らしていたから、両親だけが実家に住んでる。実家はかなり古い一戸建てだったから、俺たちが独立してからバリアフリーの小さな平屋に建て直して、二人でのんびり過ごしてるよ」

「そっか。うちは姉ちゃんと俺の二人で……本当の親父は、俺たちが小さい時に病気で亡くなって……今のおとんは再婚してできたおとんなんだけどさ。ぶっちゃけ、俺たちに甘いっつーか、特に姉ちゃんに対しては過保護で困ることもあるけど、いい人なんだ」

「そうか。話を聞くと仲が良さそうだもんね」

蒼太が千里さんに打ち解けてくれたので、わたしはほっとした。鏑木さんによると、蒼太がキーパーソンだからというのもあるが、やはり新しい家族になる千里さんには弟と仲良くなってもらいたかった。

夕飯を食べた場所から車で一時間のところに実家があるので、今は千里さんの運転で三人で向かっているところだ。潔いというか思いきりがいいというか、いきなり蒼太に『姉ちゃん結婚するってよ』爆弾が投げ込まれた両親からメッセージが大量に届いているので、彼は後部座席にゆったりとひとり座ってそれをさばいている。

もううちの両親のところには、千里さんのプロフィールが大量に送られている。

「……餡子《あんこ》は粒餡とこし餡とどっちが好きかって……」

「粒餡だけど、今夜は玄関先で失礼させてもらうからね」

「わかった。おかんにはお茶菓子はいらないって送っておく」

「よろしく……なんかドキドキしてきたよ」

「大丈夫だよ。おとんが駄々をこねたら、『アメリカ』って言っておけばビビっておとなしくなるよ」

お義父さんがやり手の実業家だと知っているわたしは蒼太に言った。

「もしも、お義父さんがアメリカにも事業所を開くって言ったらどうする？」

「あの人、英語が壊滅的にセンスないから大丈夫じゃん？」

「あ、そっか、よかった」

義理とはいえ、父親の扱いが酷い。

「おとんはおかんと結婚した時に、『俺が父親になるんだ』ってものすごく張り切ってたからな。俺たちが二十歳過ぎても、いつまでたっても保護が必要な子どもにしか見えないんだろうな……」

蒼太がため息をついた。

「俺も就職と同時にうちを出る予定だから、あとは夫婦仲良く暮らしてくれればいいなって思うよ」

わたしは頷いた。

「うん。仲良し夫婦なんだから、これからは夫婦水入らずで過ごしていいよね。お母さんも、もう仕事をセーブしてゆっくりすれば余裕が出てくるし」

だいたい、義父にはかなりの収入があるんだから、専業主婦になってもまったく困らずにそこそこ良い暮らしができるはずなのだ。

「掃除は週に一回でいいけど、毎日ごはんと洗濯をしていた俺がいなくなるしね……」

「洗濯はともかく、蒼太がいないとごはんが出てこなくなるからね……」

「まあ、ふたりとも大人なんだから、なんとかなるっしょ」

蒼太とわたしは苦笑した。

「それは大変な問題だね……俺も蒼太くんの料理が食べたいなあ」

千里さんが「特に焼きそば」と笑うと、蒼太も「焼きそばを好きなやつに悪人はいない」と笑った。

「元々お母さんも家事をしていたんだろうし、お義父さんもこれから覚えればいいんじゃないかな。料理もやってみると楽しいしね」

蒼太がいなくなった家事の穴は、両親が埋めなければならないのだ。そして、家事ができて、おふくろもびっくりの美味しいごはんを作るカジメン蒼太が抜けた穴はかなり大きいと思う。

でも、うちの両親は経済力に不安がないので、いざとなったら外注すればいい。千里さんの暮らしを知っているわたしは気楽にそう考えたが、蒼太は少し心配なようだ。

「俺がうちを出してもらえなかったら困るから、さっそくおとんを特訓しておくかな」と蒼太が呟いた。

がんばれ、お義父さん。


実家の駐車場に車を停める。

誰もいない。

玄関前にお義父さんが仁王立ちしていたらどうしようと心配していたけれど、そんなことはないようだ。

蒼太は玄関ドアを開けて「ただいまー」と中へ声をかけた。

「お帰りなさい！」

「お帰り……」

弾けた豆のようにお母さんが出てきて、その後ろから力ない足取りでお義父さんが現れた。

「いらっしゃいませ……？」

「お……？」

ふたりは口をぽかんと開けて、千里さんを上から下まで見て、顔を見て、顔を見て、顔を見てから「うわあ……」と魂が抜けたような声を出した。

魂、戻って！

千里さんが笑顔で挨拶をすると、ふたりはもう一度「うわあ……」と言った。

「こんばんは」

両親の身体に魂が戻るのをしばらく待ってから、蒼汰が言った。

「さっきメッセで送った通り、姉ちゃんが千里さんと婚約したってさ。こちら、高塚千里さん。姉ちゃんをストーカーから助けてくれた恩人だからね」

すぐに帰るので、玄関での立ち話である。

「初めまして。高塚千里です」

「あの、ええと、奈々子がお世話になっております。母の梨々子《りりこ》です」

「梨々子さんですか。お可愛らしい名前ですね。よろしくお願いいたします」

きゃー、美形からアメリカンなリップサービスを受けてしまったお母さんが、「か、可愛いって……」とふらっとよろめいてしまったよ！

すかさずお義父さんが支えてくれたからよかったけど。

「父です。奈々子の父です。わたしが奈々子の父の充《みつる》です！」

お義父さん、一回でわかるから……。

「よろしくお願いいたします。奈々子さんと、結婚を前提にしてお付き合いをさせていただいております」

「いや、君、いきなりそんな話をされてもだな……」

わたしは「お義父さん」と会話に割り込んだ。

「千里さんは我が社の新事業企画部の部長をなさっていて、親しくさせてもらっているの。それで、マンションにストーカーが押しかけてきた時にはとても力になってくれて、対応のために弁護士も手配してくれたんだよ」

「お、おう、そうか」

「とても頼りになる方で、信頼できる上司なんだ」

あと、可愛いわんこなんです。

お義父さんが千里さんのイケメンっぷりから立ち直り、腕を組んだ。

「だがな、ちょっとだけペースが早過ぎないかなとお義父さんは思うんだ。だいたい奈々子はまだ若いし、男性とのお付き合いにも慣れてないだろう？　それが、いきなり、ど、同棲するとはっ、お義父さんはどうかと思うな！」

「えー、別にいいんじゃね？　責任は取るって言ってるんだから」

蒼太が口を挟む。

「結婚を前提とした同棲は、一緒に暮らしていけるかどうかを知るために必要だっていうのが最近の考え方じゃん」

「蒼太、奈々子は女の子なんだから、そんな不埒な考え方は……」

「わたしもいいと思うけどな。女も男も関係ないし」

「梨々子さん！」

お母さんも立ち直ったようだ。

「奈々子も蒼太も、高塚さんがいい方だと思ったんでしょう？　ふたりがそう感じるならいいと思うわ。高塚さん、奈々子をよろしくお願いします」

「梨々子さん、でも」

「充さん、落ち着いて。奈々子も蒼太もいつかは独立して自分の家庭を作るのよ。それを見守るのがわたしたちの仕事だと思うの」

「だが」

「奈々子も蒼太もしっかりした大人に育ったし、ふたりが高塚さんのことを良い方だと判断したならわたしも信じる」

「……うむ。そうだな」

「おかん、おとん」

予想外に早く話がまとまったので、蒼太は驚いた表情をしていた。

「なによ。じゃあ、今度は明るいうちに遊びにきてくださいね。奈々子をよろしく！」

「高塚くん、奈々子のことは頼んだからな。頼んだからな！」

お義父さんが、顔は怖いけど、千里さんにそう言って握手を求めた。

「はい」

「うちの奈々子を泣かせるようなことをしたら、絶対に許さないから」

「そんなことには決してなりませんので」

「ちょっと、ふたりとも全力で握手をするのはやめてよ！　手が潰れちゃうよ！」

わたしはギリギリと手を握り合う凶悪な握手をやめさせようと、ふたりを引き離したのだった。


わたしたちは実家の皆に別れを告げて、無事にタワーマンションに戻り、お風呂に入った。

ふたり一緒に。

わたしたちが結ばれた後に、千里さんはどういうわけか（犬的な？）保護本能が強くなってしまい、わたしの世話をせっせと焼くようになってしまったのだ。

つまり、一緒にお風呂に入って、わたしの髪と身体を洗って、身体を拭いてパジャマを着せて濡れた髪をドライヤーで乾かすまでが千里さんのお仕事なのである。ちなみに彼は自分で髪と身体を洗っているから、わたしだけが至れり尽くせりのサービスを受けるわけだ。

彼曰く「豆柴を飼う醍醐味はこういうことだから！」だそうだが……正直、まったく理解できない。けれど、どうやら彼はこれを本気で楽しんでいるようなのだ。世の中にはペットの世話をするのが生き甲斐だという人もいるそうなので、それに似たことなのだと解釈することにした。

ちなみに、ペット可愛がりモードに入った千里さんは、お風呂でえっちないたずらをすることはまったくないので、わたしは安心してリラックスできる。

「うちの家族は、奈々子のことを大歓迎しているから安心してね」

ハーブのいい香りがするジャグジーバスで肩まで浸かって温まりながら千里さんが言った。この高級なバスタブは、通常のぼっこんぼっこんした強烈な泡ときめ細かい気泡の二種類を噴き出す。今は細かい泡にしてあるので、ソフトな振動で身体がよくほぐれるし、身体の芯まで温まる。ちなみに、楽しいバブルバスにする時にはぼっこんぼっこんにするのだ。

千里さんは「お義父さん、結構力があるなあ」と握手した手を揉みほぐしながら続ける。

「兄貴も弟も身を固めて、自分の家を建てて暮らしているんだ。でも俺は、うちの親によるとタンポポの綿毛並みにふわふわして落ち着かないから、どこに着地するのかと心配になっていたらしいんだよね。まあ、突然会社を辞めたかと思ったらアメリカに行って事業を立ち上げるとか、あまり普通じゃないことをしているんだから仕方がないけどさ」

相談もしないでさっさと会社を作ってしまったり、気がついたら海外で暮らしていたりと、親にしてみれば心配な次男だったのだろう。

ちなみに、千里さんは大企業に就職してエリートサラリーマンをやっていたというので、どうして独立したのかと尋ねてみたら「新しく事業を起こしたり、人を使う立場になったりという経験がしたかったからというのと、もっとお金を稼げることをやってみたかったから」という返事が返ってきた。

　お金云々という理由は、不動産関係の仕事を学生時代から成功させていた和樹さんの影響もあるらしい。そして、面白そうだという理由で始めたことを、見事やり遂げて成功させてしまうあたりは、千里さんの才能なのだろう。

「ビジネスというものをアメリカで学んで、今度は日本で何かを始めようかなと思ったところを、うちの会社の社長に目をつけられてね。腰掛けでいいから新しいことをやってみてよと言われたから入社したんだ」

　腰掛けでいいからって……えらい言われようだわ。

「今、企画がひとつ仕上がりそうだからさ」

「はやっ！　入社したばかりじゃないですか」

「ビジネスはスピードだよ」

　涼しい顔で伸びをする千里さんは、ご機嫌な大型犬にしか見えない。

「そんな俺がとうとう伴侶を見つけたってことで、家族は大喜びだし、奈々子に教えてもらって料理も楽しんでるって話したら、そんなしっかり者の若いお嬢さんに出会えたことはとんでもない幸運だから、全力で手放すなって強く言われたよ」

「え、そ、そうなんだ」

「首根っこに嚙みついて離すなってさ」

　なにその犬的な捕まえ方は。

「俺は今の会社で働いていろいろリサーチしながら、次はなにを始めようか考えてる……豆柴ブランドもいいよね。アパレル関係や飲食業は浮き沈みも大きいけど、当たると儲けが大きい。並行して景気にあまり左右されない事業も展開するとバランスがいいよ。福祉とか健康とかね」

「はあ……」

いやはや、すごい人だ。一生かかっても使いきれない財産を持っているのに、また新しい事業を始めようとしている。

「奈々子に不自由はさせないのはもちろんのこと、たくさんの楽しい経験も一緒にしていきたいと思ってるよ。奈々子は経営コンサルタントを目指してるんだって？　経理部長が言ってたけど」

えっ、わたしはそんなのを目指していたの？

っていうか、経理部長！

「それなら、アメリカのスクールに行きつつ、会社を始めてみるのもいい勉強になるから、ちょっとやってみようか」

「……千里さんの話はスケールが大きくて……」

「興味ないわけじゃないよね？」

「楽しそうです！」

ヤバい。

アグレッシブな生き方って伝染するみたい。

「奈々子、御子柴家にも高塚家にも俺たちのことを認めてもらえたから、乾杯しようよ」

ペアのシルクのパジャマを着てソファにかけると、千里さんがカクテルを作ってくれた。

「和樹にさ、俺たちにぴったりなカクテルがあるって教えてもらったんだよ」

シェーカーを振り、ショートグラスに中身を注ぐ。ちなみに、このホームカクテルセットは和樹さんから婚約のお祝いに貰ったものだ。グラスには、透明な薔薇色のカクテルが入っていて、ふわっとアップルブランデーの香りがした。

「このカクテルの名前はジャック・ローズ。カクテル言葉は『恐れを知らない元気な冒険者』だって。勇気と知性で大胆に危険を乗り越えていく冒険者のようなカップルって和樹に言われたよ」

「千里さんにぴったりですね」

「俺からすると、猛犬の豆柴ちゃんの方がしっくりくると思うよ」

わたしたちは顔を見合わせて笑った。

「ジャックというのは、アメリカの映画や小説のヒーローによくある名前なんだ。これからの人生の素晴らしい冒険を、ジャックと豆柴ジャッキーで手を取り合って乗り越えていこうね」

「素敵ですね」

わたしたちはグラスを合わせて「未来に乾杯！」と言い合って、グラスを掲げた。

「奈々子に会えて本当によかった。共に人生という名の航海に乗り出そう」

そう言ってウインクをすると、素敵なジャックはわたしに口づけた。

FIN.

番外編　その後の子犬たち

「このカクテルは、すごくわたしの好みですよ。美味しい」

ジャック・ローズを一口味見したわたしは、美しい透明な赤を観察しながら「とっても綺麗な色だから、宝石を飲んでいるみたいなゴージャスな気分になりますね」と千里さんに言って飲み干した。

「よかった！　あとはのんびりとして寝るだけだし、もう一杯飲む？　和樹によると、それほどアルコール度数は強くないらしいからさ」

「それなら安心ですね。明日は日曜日でお休みだし、いつものおかず作りをすればいいから、少し飲んじゃおうかな」

「うん。御子柴さんちへの挨拶ができて、ようやく婚約が成立したっていう記念の日だし、ゆっくり過ごそうよ」

にわかバーテンダーの千里さんが、ジャック・ローズのお代わりを作ってくれたので、薔薇のように赤いカクテルを、今度は一気に空ける。

「あー、おいし。これはアップルブランデーの香りと……甘いのはなんですか？」

「グレナデンシロップだよ。あと、ライムジュースも入ってる」

甘いけれどくどくなくて、いい感じの味のハーモニーだ。

「これはザクロの赤なんですね。さっぱりしてるのはライムの酸味か……うん、するする飲めちゃう」

「俺も飲もうっと」

シャカシャカといい音を立ててシェイカーを振った千里さんが、さらにグラスを二つ置いた。

「ふふふ、もう一回かんぱーい」

「ん、乾杯」

ショートグラスのカクテルは、出来上がったら時間を置かずに飲む方がフレッシュな美味しさを楽しめる。だから、わたしも思いきりよく飲み干してしまった。

「……奈々子、大丈夫？」

「はい、最高に美味しいです！」

「ええとね、味じゃなくってね」

確かに、ジャック・ローズはロングアイランドアイスティーやスクリュードライバーのようなレディキラーとは違って、それほど強いお酒ではないという。

けれど、基本となるのがカルヴァドスという度が強いブランデーなのだから、その美しさと甘酸っぱさに心を許してしまうと大変なことになるのだ。

「んー、とっても上手にできてまーす！　千里さんはバーテンダーとしての才能がありますねー」

「そうかな？」

ソファに座った千里さんが、ふふっと笑った。

ヤバい。

色っぽい。

カッコいい。

尊い。

隣に密着しているのは、世界一のイケメンで、わたしの婚約者なのだ。

婚約したんだよ、結婚するんだよ！

ええっ、なんと、びっくりである！

なんでこうなった⁉

記憶が定かではないが……確か、このお金持ちのイケメンさんは犬を飼いたいとか言ってたっけ？　だから豆柴を拾ったと……。

いやいやいや、女を犬代わりに飼うなんていくらイケメンでも駄目だよ。

違った、わたしは豆柴じゃなくて御子柴だから犬じゃないから……あれれ、考えがまとまらないよ。

あ、思い出した。きっかけは。

「ストーカー」

「ん？　ああ、ストーカーのことだけど」

わたしの呟きを聞いた千里さんが言った。

「担当の弁護士からメールが来ていたよ。例のストーカー男は、鏑木さんが予想していた通りに、他の女性のストーキングをしていたらしい」

「えー、鏑木さんってすご！　すっご！」

美人で頭がキレるなんて、完璧じゃない？

「それで、その女性の三階にある部屋に忍び込もうとしてね……足を滑らせて落下したとか」

「うそ……まさか」

「いや、命には別状はないんだけど、変な落ち方をして当たりどころが悪かったらしくてね」

千里さんは神妙な顔をすると「彼は、男性を卒業したそうです」と厳かに言った。

「男性を？　卒業？　卒業できるものなの？」

「まあその……」

彼は居心地が悪そうにお尻をもぞもぞさせると「犯罪者に同情する気はないけれど、男として地獄のような激痛を味わって、男性としての機能をすべて失ったんだって。うわあ、想像しただけでぞくっとするよ。なので、もう奈々子は心配いらないよ」とわたしの頭を撫でた。

「豆柴をいじめたから、バチが当たったのかもね」

「ん……よくわからないけど……」

千里さんがそういうなら、きっと解決したんだね。

そして、千里さんはチョーカッコいいのです！

わたしは肘で彼をつつきながら言った。

「千里さんは、和樹さんのお店に出たら駄目ですよー、こーんなにカッコいいバーテンダーがいたら、女性客が押し寄せて、お店が潰れちゃうかも」

「潰れちゃうの？」

『潰れる』という言葉になぜか身体をビクッとさせた千里さんが「あ、お店ね」と呟いた。

「んふふー、地盤沈下」

「えっ、そっち？」

「銀座のビルが地盤沈下。うわあ、大変だー、イケメンは地球を破壊するのだ！」

「奈々子……やっぱり酔ってる？」

「ぜーんぜーん酔ってませんよお。大丈夫！　ほんのちょっとだけ気分がいいだけだよそれだけだけだよ」

「いや待って、日本語がおかしいよ、早口言葉みたいになってるし」

「なまむみなまもめなまたまの」

「うん、言えてない」

わたしは千里さんに向かって「えへへー」と笑った。

「よかったねー、うちのお義父さんとお母さんと蒼太も千里さんちの人たちも、みんなおめでとうしてくれるね」

「そうだね。豆柴を飼ってよかったねって言ってもらえるね」

「えー、豆柴じゃないもん。あ……そっか、御子柴さんちから高塚さんちの子になるから……いや、千里さんがうちの子になるっていう手もあるし」

「うん？」

「じゃあ高塚奈々子になるのかな？　こんばんは、たかつかななこですっ」

「高塚……奈々子……」

すると、千里さんは「むふっ」と変な声を出して「それはいいな、豆柴奈々子も可愛いけど高塚奈々子はさらに可愛い！　俺が御子柴千里になることは、あの親父さんがあからさまに嫌な顔をしそうだから、ここはやはり高塚奈々子……だよな」とひとりごとを言ってむふむふと笑った。

「では、高塚奈々子さん！」

「はい！　たかちゅかななこです！」

「んむふっ、噛んでる……なんだよこの破壊力ありすぎな子犬は！　仕方ありませんね、高塚奈々子さん、俺のお膝に乗りなさい」

隣に座った千里さんが、自分の膝をぽんと叩きながら言った。

「え、どうして」

「高塚さんになるためには俺の膝に乗らなければならないからです。さあ、おいで」

頭がぼうっとなっているので、意味がよくわからないながらも、素直なわたしは「はーい」と手をあげて返事をしてから、千里さんの膝の上にもぞもぞと移動した。

「ちょっとゴツゴツしてます」

「鍛えているからね。お尻が痛い？」

「ううん、そこまでは固くない……？　固い所もあります！」

わたしは固い所を手で触った。

「ここんとこが固いですね」

「そっ、それは、撫でてはいけない所です！　余計に固くなります！」

「あ……擦ると固くなる……いやん」

「いやんじゃありません！　そんな、無邪気な子犬のように濡れた瞳で見ても許しません。悪い子犬はお仕置きをして、良い子犬に育てるのが飼い主の務めですよ」

彼はわたしを持ち上げて俵担ぎをすると、そのまま寝室へ向かった。

「千里さん、わたしは俵じゃなくてお姫様になりたいんですけど……ひゃっ、いやあん」

お尻を撫でられたわたしは「やあん、くすぐったいー」と身悶えた。

「さっきのお返しだよ」

「あっ」

　パジャマのズボンが降ろされてお尻がむき出しになる。ショーツ一枚のそこを、わたしを肩に乗せたままベッドに腰掛けた千里さんが、ちょんちょんと指先でつつく。

「やんっ、やめて、えっち」

「うん、俺の指は奈々子の手と一緒でえっちなんだよね」

「わたしの手は全然えっちじゃあないですぅ」

「嘘つけ」

「ひゃん！」

　脚の隙間に彼の指先を差し込まれた。そして、ショーツ越しに感じやすい部分をほじくるように刺激してくる。

「あん、そんなところ、やめて、いじらないで」

「あれれ、なんだか湿ってきちゃったね。奈々子のここは、指でこちょこちょされて恥ずかしいお汁を出したのかな……ほら、擦るとぬるぬるするよ。手だけじゃなくて、ここもえっちだね」

「違うもん、んあっ、駄目、擦らないでってば、やあんもう！」

　ショーツの横から直にそこを触られたわたしは、足をじたばたさせながら「千里さんのえっち！」と叫んだ。

「おろしてー、やん」

わたしは色気のない俵担ぎをされたまま、千里さんにお尻を弄ばれている。

彼は「可愛い豆柴め」と言いながらお尻にカプッと噛みついたり、舌でペロペロしたりと自分の方が犬っぽく行動しつつ、股の三角地帯に差し入れた指をこちょこちょといやらしく動かして、わたしをあんあん言わせた。

「女の子の大事なところを、こんなにびちょびちょに濡らしながら、俺のことをそんな風に言う奈々子に、本当にえっちなこととはどういうことかを教えてやるのが飼い主としての務めだね」

「だからいつ飼い主に、きゃっ」

そのままくるんとパジャマのズボンと下着を脱がされたわたしは、恥ずかしい姿でベッドの上に下ろされた。

「奈々子はもうすぐ人妻になるんだから、今までのような初心者コースは修了だよ」

彼は自分で言っておきながら「人妻……なんてエロくていい響きなんだ」と言葉を噛み締めてニマニマしている。

どうやら彼も酔っているようだ。

恐るべしジャック・ローズ。

酔った千里さんの発言から、エロに関していろいろなこだわりがあるらしいことがわかった。

今までは初心者コースのえっちだったので、時間もあまりかけなかったし（一度の合体でお風呂に入って終了だ）割と基本的な交わりだったと思う。しかし、今夜からは違うらしい。なにをされるのかという不安と期待で、わたしは身を震わせる。はたして新米人妻（まだ結婚してないけれど）のわたしは、彼の欲望に応えられるだろうか？

ちょっと不安だけど、ここは酔っぱらった猛犬としての勢いで進むしかないでしょう！ファイト奈々子！

「わかりました。となると次は、人妻コースに進むの？」

下半身を丸出しにされたわたしが、なんとなくパジャマの裾《すそ》を引っ張って隠しながら千里さんを見上げて尋ねると、彼は真剣な表情で頷いた。しかし、その瞳の奥には『人妻』という響きに刺激された妖しいきらめきを隠している。

「そうだよ。それではさっそく、人妻奈々子のエロエロ開発コースを開始したいと思います。まずはおっぱいの感度を確かめていきましょう」

「なんで急に敬語？」

「俺は人妻開発部長だから、責任を持って仕事を請け負うという表れからの敬語です」

高塚新事業開発部長ったら、いつそんな役職についたの？

あと、うっかり会社でそれを口にしちゃ駄目だからね。

鏑木さんに泣くまでシメられるからね。

「では、行きますよ……ふふふ、すべすべー」

パジャマの裾からそろそろと両手を入れて、素肌をさすりながら上がってくると、人妻開発部長の千里さんがいやらしく胸を揉み始めた。

「やあん、もう」

「いやと言いながらも感じてしまう、人妻らしい、エロくていい表情ですね」

整った顔に、エロエロな笑顔を浮かべて、部長としての責務をこなす千里さんは……無駄に嬉しそうである。

「柔らかいのに張りがある、とても良いおっぱいですが……うん、いい感じのアンテナが立ちました」

もう固くなった先端を摘んでこりこりとこね回す。

「こうしてくりくりすると、どうですか?」

「ふぁんっ、それ、アンテナじゃないっ、あと両方いっぺんには、駄目っ」

わたしは両脚を擦り合わせるようにして、胸の先から広がる快感に悶えた。こねられるごとに下半身が疼いてしまい、大事なところがひくひくとしてしまう。

「くりくり、駄目だってばっ」

「駄目ではありません。このアンテナをビンビンに立てて、人妻としてのアレをキャッチしてください」

「アレって、なに?　やあああーっ!」

敏感な粒をきゅっと握られたわたしは、それだけでもう軽くイってしまった。

「乳首でイってしまうとはなかなか良い感度です。ここは人妻としてしっかりと開発されていますね。合格です」

開発したのは千里さんだけどね！

人妻開発部長に合格を貰えたけれど、わたしは身体をびくんびくんと痙攣《けいれん》させて喘いだ。

「千里さんのっ、鬼部長……」

「心を鬼にして開発を進めます」

ヤバい、ドSモードの美貌に射すくめられるように見られると身体がきゅんきゅんしてしまう。

優しげな口調でいやらしく責めてくる千里さんは、美しすぎる悪魔のように見える。見た目とやってることのギャップが激しすぎるイケメンは、わたしの脚をするすると撫で回した。

「くっ、くすぐったいです、部長」

「滑らかな手触りの、素晴らしい脚をしていますね。そして、この太ももの内側の柔らかいところが特に……いいですよ」

「そっ、そこは、あん」

ものすごく際どいところを撫でながら、千里さんはいつの間にかわたしの脚と脚の間に入って、今はえっちな場所の周辺をさわさわと撫でている。

「おや、どうしましたか？　立派な人妻は脚のマッサージだけではものたりませんか？」

触れそうで触れない、もどかしい感じの触り方をされて、わたしは涙目で睨んだ。

「意地悪しないでください」

「熟れた人妻は、焦らしプレイに我慢できずにおねだりをするものですよ」

「まだそんなに熟れていないので、無理です」

「そうですか？　では、熟れ具合を確かめてみなくちゃなりませんね」

千里さんはわたしの両膝を開いて、いわゆるM字開脚状態にすると、なんと大事なところに顔を近づけてきた。

「やめてください、そんなところを見ないでください」

「見るだけではご不満、と」

そう言うと、彼はとんでもないところに顔を埋めて、わたしの濡れそぼった場所を舌先でねっとりと舐め始めてしまった。

「やあああーっ、やめて、千里さん、そこは駄目」

「そうかな？　ここは喜んでひくひくしてるけどな……ほら」

犬が水を飲むようなピチャピチャという水音を立てて、彼は恥ずかしい場所を舐めまくる。そして、感じやすい粒を探り当てると、舌先をぷるぷる震わせるようにして刺激した。

「あーっ、やあーっ！」

トロトロになったそこからさらに熱い蜜が溢れ出し、湧き上がる快感に耐えられなくなる。けれど、逃げ出そうとする腰をがっつりとつかまれていて、いっそう激しく責められてしまう。

「気持ちいい？　奈々子のここはしっかりと熟れて、美味しい実がなっているね」

「やあっ、あん、また、イっちゃう、イっちゃうから」

彼はふふっと笑うと、わたしの中に長い指を差し入れて、中を引っ掻くように刺激しながら肉芽を唇に挟んだ。そして、そのまま高速で舌を動かすものだから堪らない。

「やっ、それ、駄目、あっ、あああああーっ！」

わたしは彼の指をきゅうっと締めつけながら、また絶頂に達してしまった。

「それでは、人妻としての新たな試みとして……」

千里さんはわたしをくるっとひっくり返すと、腰の下に手を入れて持ち上げて、四つん這いのポーズにしてしまった。

「えっ、これってもしや……」

「正常位に並ぶ基本の体位、後背位に挑戦します」

いや待て、どう見てもわんわんポーズだろう！

そう突っ込みたかったのだけれど、先に千里さんに突っ込まれ……ほほほ、お下品で失礼。

「ああああーっ！」

下品もなにもなかった。

散々身体を弄られて、濡れ濡れ状態になったわたしは、千里さんの立派な剣で一気に貫かれてしまった。

がっつりと犬的に後ろから。

「すごい……人妻奈々子の熟れ方が、予想以上で……」

千里さんがゆっくりと腰を振ると、いつもと違うところに当たる千里さんのもので身体を擦られて、その刺激で中がぎゅうっと締まって勝手にヒクヒクと動いた。

「あっ、奈々子……そんなに締めつけたら……」

「あふっ、不可抗力、ですっ、あんっ」

「人妻に進化した奈々子に、翻弄されてしまうっ」

「まだ未婚、ですけどっ、ああっ、待って」

「待てない、これは待てないよ、奈々子が俺をぐいぐい飲み込んで、んんっ、これは、ヤバい」

千里さんの動きが激しくなり、わたしのお尻に彼の身体がリズミカルにぶつかった。

「奈々子、お尻が、丸くて、可愛いっ」

たぶん千里さんは自分がなにを言っているかわかっていない。

ちなみに、わたしもなにを言われているかあまり理解できずに、中をぐんぐんとついてくる千里さんに乱れてあんあんと犬のように鳴いていた。

「あっ、もう、無理ですね、人妻奈々子さん、なんて淫らな身体ですか、もう我慢できませんよ！」

ドSな開発部長が戻ってきたーっ！

敬語プレイに反応してしまったわたしの中はさらに千里さんを締めつけてしまい、人妻開発部長は「くうううーんっ！」と声を漏らしながら果て、一緒にわたしも登りつめた。

その後、わたしたちは時々『人妻開発部長プレイ』を楽しみ、楽しそうな（しかし瞳の鋭い美貌の悪魔と化した）千里さんに様々な閨のテクニックを教えてもらったわたしは、熟した人妻への道を順調に歩んでいったのであった。

あとがき

こんにちは、葉月クロルです。

『溺愛ジャック・ローズ～バーで出会ったハイスペイケメンに飼われることになりました!?』を手に取ってくださいまして、ありがとうございます。

素敵な表紙イラストからもわかりますが、今回のお話はバーとカクテルがポイントとなっています。大切な人と一緒に、夜の灯りの中できらめくグラスを見たら、その美しさにうっとりしてしまいそうですね。

様々なカクテルで、個性的な味や香りを楽しむのはもちろんですが、ひとりでも、誰かと一緒でも、バーという落ち着いた空間で過ごす時間を美味しく味わうのもいいですよね。また、それぞれにカクテル言葉もついていますので、メッセージ代わりにするなんていうおしゃれな使い方もできます。

ちなみに、このお話の中で出てきた、ちょっとセクシーな名前のカクテル『ビトウィーン・ザ・シーツ』のカクテル言葉は『あなたと夜を過ごしたい』です。不埒な男性にレディキラーとして使われてしまう、気の毒な『ロングアイランドアイスティー』には『希望』というカクテル言葉がついています。そうそう、注文するのに勇気がいる名前のカクテルもいろいろありまして……顔を赤らめてしまいそうな、もっと凄い名前のものもあるので、よかったら調べてみてください。

それから、イケメンヒーローの千里さんがお勧めしているブルーライトカットレンズですが、ブルーライトが目に悪いという根拠は今のところないらしいのです。けれど、ブルーライトカットレンズを使うと、パソコン作業時の目の疲れが楽になったという調査結果もあり、わたしも効果が出たという友人にお勧めされているんですよね。まあ、その効果は人それぞれで、目の疲労の予防のために一番なのは、こまめに休憩を挟んで遠くを見るようにし、目を休めることだと思います。あ、寝る前にブルーライトを浴びるのは睡眠の質の低下につながるのは本当ですので、ご注意を。

それでは、またどこかでお会いしましょう。カリフォルニアレモネードのカクテル言葉『永遠の感謝』を！

葉月クロル

★著者・イラストレーターへのファンレターやプレゼントにつきまして★
著者・イラストレーターへのファンレターやプレゼントは、下記の住所にお送りください。いただいたお手紙やプレゼントは、できるだけ早く著作者にお送りしておりますが、状況によって時間が掛かる場合があります。生ものや賞味期限の短い食べ物をご送付いただきますと著者様にお届けできない場合がございますので、何卒ご理解ください。
送り先
〒160-0004　東京都新宿区四谷 3-14-1　UUR 四谷三丁目ビル 2 階
（株）パブリッシングリンク
蜜夢文庫 編集部
○○（著者・イラストレーターのお名前）様

溺愛ジャック・ローズ
バーで出会ったハイスペイケメンに飼われることになりました!?

２０２２年３月２９日　初版第一刷発行

著……………………………………………………葉月クロル
画……………………………………………………氷堂れん
編集…………………………株式会社パブリッシングリンク
ブックデザイン…………………………………しおざわりな
（ムシカゴグラフィクス）
本文ＤＴＰ………………………………………ＩＤＲ

発行人………………………………………………後藤明信
発行…………………………………………株式会社竹書房
〒102-0075　東京都千代田区三番町８－１
三番町東急ビル６Ｆ
email：info@takeshobo.co.jp
http://www.takeshobo.co.jp
印刷・製本……………………………中央精版印刷株式会社